往事與《今天》

芒克 著

紀念《今天》文學雜誌創刊四十週年

引言

每一天都是人生的必經之路，每一年也都不可能一躍而過，但是能夠記憶和難以忘卻的時日卻不是全部，許多如覓食一樣的日子就像渾濁的河水似的靜悄悄地流走了。生活從來就沒有那麼清澈過，人的一生也是如此，你能清楚地記憶你所有的過去嗎？你甚至都不會相信你所經歷的真實經歷全都真實。既然是這樣，我想，我現在要去寫的這些回憶，那就只能想起什麼說什麼了，因為我畢竟只是我，我的記憶也僅僅是我的記憶。當然也正好趁著這個時候我還活著，我還沒有徹底地離開我。

一九七八年可以說是我人生重要的一年。所謂重要，一是這一年我二十八歲了，我終於選擇了一條我想走的路，也就是選擇了一件我自己想做又願意做的事情去做；二是從這一年開始直到多年以後我的命運都與此事有著斬不斷的牽扯。這件事情就是我們創辦了《今天》這本文學雜誌，這本連我們都想不到的對後世會有著影響的文學雜誌。而今離創辦這本刊物已過去將近四十年了，如果不是前不久北島突然在電話中建議並希望我能寫一寫那些年我的經歷和我們的故事，我現在壓根就很少去回想過去，似乎對許多往事都已經淡忘了。靜下心來想一想，寫是不寫？若真的又要動筆了，我該從哪兒說起呢？

一

大概是一九七八年上半年，那一年是馬年，那一年似乎能聽到馬年的馬蹄聲從遠處，不知是從哪個方向也不知是從哪裡大中午的朝我走來。等他走近了我才認出他，是年長我一歲的應該說是民國生人的趙振開，哈哈，因他出生於一九四九年八月。我心裡暗笑這頭牛又來找我幹嘛？因他屬牛，他人脾氣也倔，是頭又高又瘦的牛。沒錯，他用牛一樣的目光在瞅著我，並且神情比往常都要顯得神祕。我猜不出他什麼意思，只注意到了他身上背著一個書包。他從書包裡掏出一本說是他寫的詩集遞給我。這是一本油印的十六開本的東西，在天藍色的封面上寫著幾個黑色的大字《陌生的海灘》。我當時並沒有翻閱但是卻有些吃驚，心想他什麼時候寫的？還不為人知的給印出來了，玩得夠陰的。他是向我來挑戰的嗎？也許是，因為我們都寫詩嘛。這對我來說挺受刺激。尤其這兩年我幾乎都斷了寫詩的念頭，我都不知道我腦子裡淨想些什麼了。而你看人家，詩集

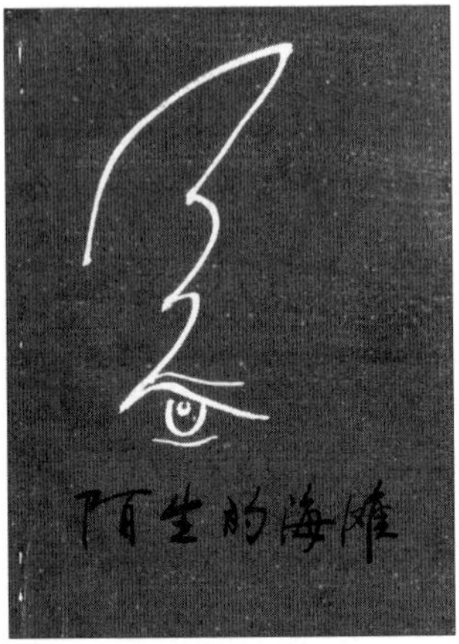

1978 年北島《陌生的海灘》油印版，艾未未設計封面。

都印出來了，這在當年可是罕見的，也是我那時在京城見到的頭一本油印詩集，並且還是打字印刷！這不是明擺著的事嗎！

你是不是也應該印一本？振開對我說。而我心說我手裡哪還有詩啊，過去寫的那些詩稿早已灰飛煙滅，不是毀於自己的手裡，給燒了，便是不知丟到哪裡去了。想當初也就是一九七二年，我和振開認識的時候，我看過他能拿得出手的詩也就那一首〈金色的小號〉，「吹起吧，這金色的小號……」，結尾好像是「讓我們從同一條起跑線上一起奔跑」。我的媽呀，現如今可不同了，這頭牛，應該是頭鬥牛就站在你的面前盯著你，我算是遇到對手了。

你不是寫過不少詩嗎？振開繼續跟我說。我就如實跟他講了，全燒啦！他忽然好像想起什麼，說我幫你找找吧，我在一個朋友家裡見過一些你的詩，是他手抄的。在七〇年代初，手抄是一件比較流行的事，年輕的愛好文學和書籍的人會把自己喜歡的文字和詩什麼的抄寫下來，這樣便於自己時常能看看也可以在朋友間傳閱。說白了這主要是那

1976 年北島和芒克。

個年代的出版物可讀的太少，能夠引起興趣讓人閱讀的東西都被認為不是好東西了，這都是因為那個文化大革命給鬧的。

我和振開結識是通過一個叫劉羽的朋友介紹的。劉羽在後面我還會提到，他也是我們初創《今天》文學雜誌的編委之一。聽說他幾年前去世了，他在國外很多年，我與他從八〇年初老《今天》雜誌被迫停刊後就再也沒見過面。新《今天》文學雜誌是北島後來在海外復的刊，我沒再參與。這本雜誌至今還在繼續出版。

劉羽是北京電影製片廠子弟，比我大幾歲。說來也有意思，我在六、七〇年代和北影廠的子弟沒少打過交道，與我年齡相差不多的這幫人我差不多都認識。原因是我的中學同班同學岳重，他也叫岳彩根，小名根子，他的父親就是北影廠的編劇。還有在一九六九年和我們一同去白洋淀一個村插隊的何伴伴，他的弟弟何平，他們那時都住在西四北五條一個北影廠的大院子裡。這個院子裡還住著高潔和高勇兄弟倆人，他們的父親都是北影廠的。我從上中學開始一直到七〇年代中期我是這個院子裡的常客。

在西四北五條最東頭兒的一個小院子裡住著栗世征，他爸媽都叫他毛頭兒。毛頭兒就是後來的詩人多多。他和我在中學也是一個班的。前些日子已滿六十五歲的老多多頂著滿頭刺眼的白髮與我喝酒時說：你還記得高潔嗎？他都死啦！死了好幾年了！我驚訝的不得了，這個大冬天敢從煤球爐子裡用手掏出一個火紅的煤點菸的人，點完再扔進爐子裡，他怎麼會死呢？我後面還會寫到高潔。還有那個劉曉利你知道嗎？老多多繼續音調顫抖地說，他也死啦！這使我更驚著了，這個體大體壯如河馬的傢伙，我們倆個人四隻手都掰不過他兩隻手的人，他怎麼也會死呢？關於劉曉利和多多之間有件事情讓我記憶太深刻了，那就是他們

岳重〔根子〕（中）在白洋淀插隊時的照片。

倆人打拳擊。那是一九七三年的事，在吳川家。吳川和我都是住在西城國家計委大院的，他爸爸在文革中自殺，他媽媽被下放到幹校，家裡只留有他一個人。我那會兒從白洋淀村裡回到北京經常在他那裡住，我們閒著沒事有時就約幾個玩伴打打拳。那次正巧多多和劉曉利都來到吳川家，他們二人也不知為啥誰看誰都不順眼。我們這幫人也壞，就起鬨讓他們二人打一打。

好不容易在我們的躥動之下拳擊開始了。看得出來他們倆人都想借此機會把對手痛打一頓。真的，我還沒喊開始呢，多多就已迫不及待地衝了上去，他這叫先下手為強。只見他一通王八拳亂掄，頓時就把劉曉利給打蒙了。別看劉曉利體大有力，但他沒玩兒過拳擊。這下可把劉曉利頭都氣大了，可不是嘛人家還沒準備好呢！就見他青筋暴跳，他又長著滿臉紅疙瘩，嘴裡喘著粗氣真如同河馬一般。只聽劉曉利突然一聲怒吼，多多立馬便主動地坐在地上了。而劉曉利根本就沒看見，他閉著兩眼像惡虎撲食似的撲了過去，腳下被多多的屁股一絆，他的大腦殼就直接照著水泥牆撞去了！咚的一聲，那叫一個疼呀！我就沒見過會撞出那麼大一個包！劉曉利手捂著腦袋齜牙咧著嘴，他倒是不哭。多多見狀趕緊從地上爬起來一個勁兒地揉劉曉利的頭，他是怕他真急了，那還不把多多掐死！我們大家也都上前去安慰他，總算是劉曉利忍住了。這事我至今想起來都忍不住要笑，真成了我記憶中一個想起就想笑的笑話。

我這是說哪兒去了？劉羽的家不在西四北五條，他住在新街口外豁口那邊的北影宿舍裡。新街口那一帶屬於北影廠的，還有什麼新影廠的和科影廠的宿舍有好幾個。如太平胡同就有一處，當年還沒成為導演的陳凱歌就住在那個院裡，他爸文革中挨整時沒住在家，我還曾在他家裡過過夜。另外田壯壯的家也在沒多遠的一個獨院裡。他們這些人的父輩都是中國電影界的前輩。我年輕時通過這個認識那個就認識了劉羽，再通過劉羽與趙振開相識。在創辦《今天》文學雜誌之前我們相互給對方取了個筆名，他叫北島，我叫芒克，之後就這麼一直被人叫下去了。

二

北島的家也在新街口，在一條叫三不老的胡同裡。北京城內的胡同裡除了四合院就是大雜院。一般的平民百姓只能住在大雜院裡。而北島家的那個院子是難得一見的紅磚樓房，有二棟樓每棟四層高。這裡的住戶幾乎都是什麼民主黨派的人士，北島的父親就工作在簡稱叫什麼民建的黨部裡。

我知道北島是在北京四中上的高中，不過他沒上完高一就趕上了文化大革命。在我們少年時代能考進北京四中上學的那可都是學習頂好的學生。像我和多多所在的北京三中雖說也不算太差，但和四中相比還是不行的。我們在三中只上到初中二年級就文化大革命了，這革命鬧得我們這些人都沒了學上。

我清楚地記得是在一九六九年一月分，從來沒到過我家的多多突然來找我。在此之前我已經有一年多沒去過學校了，一是我不想去，二是也沒人讓我去。因為我父親在文革一開始就出問題了，說他歷史有問題，他在舊社會上過大學，在日本人占領東北時期當過礦山的總工程師。就為這些我算是出身不好了，那些在學校一時得勢的學生就什麼事也不讓我參加，甚至下鄉勞動鍛鍊都不讓我去。正好，不去就不去，我還巴不得不去呢！反正我家住的那個大院兒裡孩子也多，大家就在一塊玩兒唄。

在這期間就聽說開始動員中學生們上山下鄉了，什麼「知識青年到農村去，接受貧下中農的再教育」！就這樣，我們這些初中都沒畢業的毛孩子便成了知識青年了。

多多就是為此事來找我的，他想讓我跟他們一起下鄉去白洋淀。他們是指我們同班的幾位關係比較好的同學。除了他還有根子和盧中南。盧中南的家也在我們大院裡，小學時我們就同在一個學校。再有就是北影廠的子弟何伴伴等人了。我當時二話沒說便答應跟多多去白洋淀。原因很簡單，我那個年齡時就想離開家，再加上由於我父親的問題鬧得我家裡的氣氛很是緊張和不暢快，乾脆走吧！說走就走，沒什麼猶豫的！

離開家那天我還記得我發高燒三十九度多，那都不顧了。我媽媽送我出家門時，我看見她心疼的落淚。我頭也不回，我不願意看見我媽媽流淚，那樣我會受不了的！我頭也不回，我生怕我也會哭，我最不好意思當著別人面哭了，除非到了非哭不可。

至於我們在一九六九年一月的那天是怎麼到白洋淀的，多多曾在一篇文章裡寫過這樣的話，「我們十八歲一同乘坐一輛馬車……」沒錯，我們是乘坐了一段路的馬車，那是從河北的徐水到安新縣城，這段路有七十多里地。那時候的交通也真是太落後了，白洋淀實際離北京也只有二百多里地，可我們頭天晚上就要出發。先到永定門火車站，等到凌晨二點多坐上火車，這趟火車叫慢車，到徐水天也快亮了。本來我們應該換乘一輛一天只有一趟到安新縣的長途車，非常破舊的汽車，有時還是卡車。但因我們幾個人的行李多，長途車不拉不讓坐，我們就只好花錢雇了輛馬車。我們坐在馬車上在坑坑窪窪的道路上緩緩地行進，那叫一個慢呀！那天還趕上下大雪，漫天的雪花白花花地飄呀！轉眼間四周已是白茫茫一片。看不見遠方，道路也被大雪掩埋。我都變成雪人了，雙腿也被凍得麻木。不能再坐馬車上了，時間長了會被凍死成雕塑了。我們便下車跟著馬車

80 年代多多和芒克。

走。你想想下雪天路又滑，走了一陣子腿也走不動了。再上馬車吧，上去坐會兒又下來走走，就這麼折騰，直到天黑我們才到了安新縣城。

據說白洋淀有方圓三百里，大小湖泊幾十個，淀與淀之間全是蘆葦蕩，縱橫交錯的河道連接四面八方。這白洋淀大部分都歸屬安新縣，其餘一小部分歸鄰近的其他縣。

我們到了縣城可還沒到我們要去的村子。聽說我們要去插隊的村子叫大淀頭，離縣城還有二十多里地呢！我的天吶！那大淀頭旁邊還有一個叫東淀頭和西淀頭的村子，統稱三淀頭。我真的有點兒洩了氣了，當馬車馳進縣城裡的一家大車店，我只想住在大車店裡不走啦！

北方的一月分冰天雪地，一路上我們也沒吃沒喝，真是又冷又餓。但你說怪不怪，我的高燒反倒退了，哈哈……

接著上路，因大淀頭村裡來幾個小夥子接我們來了。他們帶我們走水路，水路在這季節已變成冰路了，所有的水面都已經結成一層厚厚的冰。這是我們頭一回坐上拖床，拖床就是一種大冰橇，人

1970 年芒克在白洋淀插隊時的照片。

和行李都能放上，小夥子站在拖床後面用一種帶鐵尖頭的長桿，當地人叫篙牙子撐著冰面，行駛的速度飛快。可在漆黑的雪夜我只感受到刺骨的風颳著雪沫子一個勁兒地朝臉上扎！我的心都快被凍僵了。四周也看不見什麼風景，黑呼呼的黑夜簡直就像個巨大的怪物挺恐怖的。這就是白洋淀嗎？

我們是幾點鐘到大淀頭村的也不知道，沒有錶，反正是到了。熱情的老鄉們倒真是對我們很親熱，大晚上的還忙著給我們做飯。這大淀頭村給我們的第一印象是什麼印象都沒有，可不是嘛，天黑人乏餓得兩眼冒金花，唯一感覺比較深的就是滿鼻子都能聞到一股柴禾味兒。

三

我的一九七〇年，前半年所經歷的事就不在此書中細說了。簡單地講一下，春節過後，二月初頭，我就和同住大院裡的幾個發小跑到山西和內蒙去了。剛開始還結伴而行，到後來便各走各的了。這真是我的一段流浪生活，不過還好，在哪兒都能結交到朋友，各地都能遇到知青，大都是北京去的。一路的遭遇若寫成故事就是另一本書了，所以我在這裡就不多說了。

當我回到北京已是下半年了。那時我父親已被下放到外省去了，名曰什麼幹校。我媽見我蓬頭垢面的樣子是又急又氣，她說還以為我在白洋淀村裡呢，寫了好些封信也不見我回，都擔心死了！我在北京家裡又住了段時間，可能是在秋後吧我才回到白洋淀。這麼說我一九七〇年在大淀頭村裡就沒待多少日子，難怪到年終的時候生產隊的隊長跟我說：你還欠隊裡的錢呢！會計結算了，你只掙了七十個工分！那時隊裡的壯勞動力幹一天活掙八個工分，隊裡嫌我不壯，但因我是知青需要照顧給我七個工分。這就是說我這一年在村裡沒幹過什麼活。

不過從這一年後半年開始到一九七一年末，這一年多的時間裡我倒是閱讀了不少的書。我突然對看書產生了興趣就連我都不知道自己是怎麼回事。我把能找到我手裡的書啥書都看，有些大部頭的書我竟然也給讀完了。只挑一些書說一說，其他的就沒必要提了。如《靜靜的頓河》、《美國的悲劇》、《第三帝國的興亡》、《永別了武器》、《生死存亡的年代》和《人、歲月、生活》。再有記憶深刻的書便是被稱為美國垮掉一代作家寫的，如《麥田裡的守望者》和《在路上》等，聽聽這些書名夠嚇人的吧，尤其是在那個年月，這裡有些書都是內部讀物，在當年是給共產黨高級幹部看的，因書皮是黃色的，只印個書名，我們都管它叫黃皮書。由於文革時期的混亂這些書流落到一些年輕人的手中，我們算是有幸能看到的。

我最奇怪的是我那時不知為何更著迷於讀詩，凡是能看到的詩都看，比看小說認真多了。有什麼馬雅可夫斯基的，翻譯出版他的詩最多。勃洛克的主要是《第十二個》。有葉賽寧的詩。一本《娘子谷及其他》是前蘇聯三個詩人葉夫圖申科、沃茲涅辛斯基和阿赫瑪杜琳娜的合集。有西班牙詩人洛爾加的一本詩抄。有惠特曼的《草葉集》。有印度詩人秦戈爾的幾本集子。還有智利詩人聶魯達的詩。至於一些更早詩人的詩在此就不說了。我又奇怪我們當年怎麼就只讀這些被翻譯過來的外國詩人的詩？而國內那些有點兒名氣的詩人的詩基本上不太喜歡看，也許是真的見了鬼了吧，哈哈……

更有意思的是我在一九七一年初也開始寫詩了，我背著所有的人寫了七首短詩。寫成之後我只拿給根子看過，因我覺得老根子在我們這夥兒人中文學功底最好。老多多那會兒正熱衷於政治和哲學呢。令我絕對沒想到的是老根子只對我說了一句：你是詩人！我聽後真感覺自己受了些刺激，不會吧？我能是詩人？那詩人都是一些什麼人？在我當時的眼裡我認為的詩人都是高不可及的！我的媽喲，你別嚇著我！

也就是衝老根子的這句話，這詩我就寫下去了。我給他看過的一九七一年寫的這幾首到現在只存有兩首，〈致漁家兄弟〉和〈葡萄園〉，還都是根據記憶重寫的。

我們在白洋淀插隊落戶的頭幾年，經常有朋友到村裡找我來玩耍。如果我記得沒錯的話，趙振開在一九七二年我們認識沒多久來過。他是帶著史寶嘉來的。史寶嘉是師大女附中的，也只上過初中，她寫詩詞，是古詩詞那種，被稱為師大女附中的女才子。她哥哥史康城是趙振開在北京四中的同班同學，那些年與我也來往頗多。在我和北島後來創辦的《今天》文學雜誌上，曾發表過史康城寫的和翻譯過的文章。

振開和史寶嘉來到白洋淀大淀頭村的時候，村裡好像只有我一個知青留守在村子裡。另外那幾位，從北京來的一共有八人，記不得當時他們都幹什麼去了。在我的記憶裡我們這幫人就沒有在這個村裡聚齊過，不是這個來那個走的，沒一個人能在村裡待著堅持過三個月。本來我們這裡也有兩位從師大女附中出來的女學生，可以同史寶嘉聊聊，但我在這個村裡幾乎就沒見過她們的影兒。想起來了，根子那時已考上北京中央音樂團了，他是頭一個離開白洋淀的，因天生一副好嗓子，沒怎麼學過唱歌就被錄取了，而且一下子還成了中央樂團的男低音第一把手。多多那會兒好像是幹活累出了肝炎回北京去養著了。他和趙振開認識。據多多自己說他是通過唱歌和趙振開認識的，他們當時都在學聲樂都自稱是男高音。但最終這二人誰也沒考進什麼樂團誰也沒唱成專業，只能在以後當他們成為著名詩人的時候偶爾會在大家聚會的會場亮亮嗓音。

這次趙振開和史寶嘉來大淀頭村只停留了半天就離開了，沒留宿，我陪他們又去了相距有八里地的寨南村。那村裡有幾個也是從北京來的插隊知青，我認識其中一個叫宋海泉的，也寫詩。這夥人都來自北京的清華附中。

一九七二年是我們這一撥人思想和行動開始活躍的一年，大家都已經動筆寫詩了。我們村裡就有三個，根子、多多和我。多多在他那篇〈被埋葬的詩人〉文章裡寫到過我們三個人，他認為根子一九七二年在北京年輕人寫詩的小圈子裡被稱為詩霸，我是不得而知。老根子寫的〈三月與末日〉和〈白洋淀〉等幾首長詩，他就沒給我看過，我是在多年以後才讀到的。而多多寫的詩我在一九七三年才看到，這事在後面我會再說。

那一年還有一個人來到大淀頭村找我，這個人我必須寫到，他就是彭剛，被北京圈子裡人稱為藝術瘋子的畫畫的彭剛。他比我們小兩歲，生於一九五二年。他父親是中國煤炭部裡的一位高級工程師，由於工作的關係跟我父親認識打過交道，我父親工作在國家計畫委員會。可他父親在文化大革命一開始時便自殺了，可憐的彭剛當時還是個小孩子。

彭剛到村裡來時天氣已變涼。我們知青住的房子一排三間，就見不到一根木頭，根本沒房梁，房頂是由十幾根大竹桿子托著的，牆壁全是用黃泥巴抹的，也沒有刷白。村裡的幹部說上面撥下來給你們的安家費不多，房子就只能蓋成這樣了。夏天房頂薄被太陽一曬屋裡能把人熱死，我們晚上要想睡覺得等到房頂涼了爬到上面去睡。冬天的日子就更不好受了，寒冷能讓屋裡水桶裡的水結成冰。我們從不敢脫衣服睡，蓋上棉被頭上還要戴著棉帽子，這就不多說了。

彭剛這小子踏進村裡的季節，正是水鄉的蚊子到了垂死掙扎最瘋狂的時候，那叫一

左起多多、岳重（根子）、芒克，2016 年在北京。

個往死裡吸人血啊！叮得我倆人實在是忍受不住了，便去求助一個原本老家就是這村裡的天津知青朱雙喜。雙喜的家就在我們屋後一個大院子裡，祖輩留下的房產，只有他一個人住。他人皮黑肉厚挺壯實滿口天津味兒的話，確切地說應該是天津楊柳青的話，因他一直生長在一個叫楊柳青的地方。我和彭剛住進了朱雙喜家。他家院子不小種著葡萄架，深秋時季的葡萄已被人摘沒吃光了，只剩下一些發黃的葉子被風吹得搖頭晃腦的。

雙喜聽我說彭剛是個很棒的

畫家，就眼光發亮地求彭剛給他畫幅肖像。彭剛也不謙虛立馬痛快地答應了。我心想彭剛這小子會把朱雙喜畫成啥樣呢？他那時自稱自己是野獸派，因他確實受過歐洲印象派和其他一些繪畫流派的影響，再加上他這個人的長相兒和說話的聲音腔調兒，說他是個野獸，不，是野獸派藝術家一點兒不過。只可惜他不是猛獸，嘴巴說話又太愛得罪人，所以比較容易招人跟他急。

朱雙喜見彭剛真要畫他了，滿面紅光地搬好凳子坐下，身板挺得筆直。我說這又不是照像，放鬆一點兒。可彭剛卻說就這麼坐著別動！雙喜還真是聽話一動不動。而且他還兩眼睜得溜圓，表情極其嚴肅。我心裡這個想笑啊，可就是不笑。彭剛拿出他隨身帶來的畫箱子，他本來到白洋淀就是想畫一些畫的。這第一幅畫就從朱雙喜開始了，只見朱雙喜目不轉睛地盯著他。

彭剛開畫。雙喜是太希望彭剛給他畫出一幅俊美的肖像了，為此他一直保持著一種姿勢，再難受也不難受，也受得了！可我是受不了了，便走到院子裡看葡萄葉去了。也不覺得過了有多長時間，估摸有一個時辰。就聽屋裡突然嚷嚷起來了，你畫得是什麼玩藝兒呀？這是我嗎？這是朱雙喜的嗓音。就是你這玩藝兒啊，哈哈太漂亮啦！比你本人漂亮多了！我一聽忙衝進屋裡，讓我看看，我說，我看了之後我什麼都不想說了，彭剛把朱雙喜畫成了個醜八怪啦！這可把雙喜傷心透了，他絕不想自己長成這副模樣！看得出他有些怒了。可彭剛嘴裡還在說，你這人真沒勁，沒見識，知道什麼叫藝術嗎？我還真把你畫美了呢，你也不瞧瞧你的長相兒！這下朱雙喜真的急了，別在我家裡待著，你們走吧！我心想完了，我們算是沒法兒在雙喜家裡住了，那就走吧。

我們去哪兒呢？想到回我們那簡陋的破房子裡住，我們的心比秋風還涼。咱們回北京吧，彭剛提議說。我想也只能回北京了，那就說走就走！我帶著彭剛跟村裡誰都沒招呼一聲，像兩個逃犯似的趁著晌午街上沒啥人就悄悄地溜出了大淀頭村……

四

已漸漸入冬的北京南禮士路街上行人稀疏，我和彭剛衣裳單薄被橫掃落葉的北風吹得縮著脖子。我們去哪兒呢？我們沒什麼地方可去。即使回到北京那時候能夠落腳的朋友家也沒幾處。吳川也去插隊了，在北京郊區。他若是在家我們還能去他家避避風寒，可巧他沒在。再有就是離得不太遠的鐵道部宿舍四區的大院裡，有魯燕生和魯雙芹兄妹倆個，我們有時會跑到他們家裡去。但他們的父母畢竟都在家裡，總不能不管不顧不分時候說去就去。已經黃昏了，天又黑得早，我和彭剛的肚子這個餓啊！

對面就有一個飯館，可我們沒錢進去吃。我們的口袋裡只有可憐的五分錢，能買啥呀？也巧，遇見一個推車賣柿子的婦人，彭剛頓時來了精神，他把五分硬幣拿在手裡在賣柿子的眼前晃晃說：買你兩個柿子。那婦人沒好臉兒地瞅了彭剛，鼻孔裡哼了一聲，把彭剛嚇得直想躲閃。我想笑都沒勁兒笑了，已餓得啥心情全無。還不錯那婦人挑了個大個兒的柿子給了彭剛，只給了一個。彭剛小子也挺知足，他手拿柿子得意地說：咱們慶祝一下吧！我心說慶祝個屁！慶祝我倆沒錢吃飯？慶祝冷風像鞭子抽打我們的屁股？他見我臉色不好有點兒怒氣，便又說：你覺得咱倆成立個組織怎麼樣？我說組織搶劫？彭剛興奮地一拍大腿，這事咱們可不幹！咱們也不殺富濟貧……。我插話說，廢話，哪有什麼富人我看全是窮光蛋！彭剛繼續說，是啊，我們生活在最底層，雖然如此，但我們的頭腦有著最高的境界！我的媽喲，這怎麼好像是美國垮掉一代那幫人的口號？咱們是走在最前面的人，我們是先鋒，我們就叫藝術先鋒派吧！彭剛的嘴還不停。行啦，我們就先鋒派吧。你還吃不吃柿子了？彭剛見我同意了便手舞足蹈，他把柿子遞給我，被我推了回去。我心說我餓死了也不會吃這破柿子！而他倒好，吃得那個香甜，吃得滿口清脆！

看著彭剛吃完柿子，我肚子更餓了，都想吃人了。他見我兩眼直冒凶光，便說道，不行去我家吧，我家裡還有點兒米。

彭剛的家在北京火車站的東面，穿繞幾條胡同便看到一棟藍磚蓋的舊式樓房，有院兒門，是中國煤炭部的一處宿舍。他家在三層，從朝南的窗往外看，幾十條鋥亮的鋼軌並排地插向北京火車站的站台。現在這棟房和周邊低矮的平房院落早已被拆沒了，後蓋起的其醜無比的高樓大廈站成一排也不知是幹啥的？

彭剛家我來過幾次，有一次他也說家裡有點兒米，並用一把黑呼呼的小鋁鍋把米飯給煮上了，還沒等米飯煮熟呢，不知他忽然想到了什麼人，便讓我跟他走說是找一個熟人去，讓人家請我們撮一頓館子。我們在附近的胡同裡轉了一圈，那個熟人也沒找到，只好又返回彭剛的家中。剛一進樓門就聞到樓道裡瀰漫著一股焦糊的味道，壞啦！忘了火上還煮著一鍋米飯吶！他家的屋門居然敞開著，我們跑進屋裡見一女子正在忙活著，原來是彭剛的姊姊。幸好他姊姊正巧回到家裡，否則後果會是啥樣就不知道了。他姊姊脾氣倒好話沒多說，她只讓我們看了看那已經燒掉了鍋底的鍋，又指了指煤氣灶，那時候國家機關的大院已經用上罐裝煤氣了，她意思是告訴我們若是這煤氣罐爆炸了那可就真的不是鬧著玩兒的了！此事就此結束，再說我倆的這一次突發奇想。

想必是彭剛的姊姊來過剛走，他家屋裡的桌子上放著兩塊錢。這是她給彭剛留下的飯費，也不知管幾天的？窗外又有火車進站了，從早到晚他家窗外進站的火車總是沒個完，那綠車皮的火車喘著粗氣經過長途爬涉終於到了首都北京，我心說住在他家這個鬼地方怎麼能睡得著覺？

我站在窗口看著進站的火車想像著陌生的遠方，我說在北京待著也沒啥意思，要不咱倆到外地玩兒去得了。我這隨便地一說一下子好像觸動了彭剛的大腦神經，他異常興奮起來並且有些瘋狂地演說上了，對啊！我們在這裡傻待著幹嘛？我們應該「在路上」呀！瞧瞧人家活的那才叫活著！再說我們不是先鋒派嗎？我們要出去先鋒一回！去發展擴大我們的組織，不行咱倆乾脆去緬甸打游擊得了……」

我和彭剛一拍即合，都不多加考慮，身上什麼也不帶，便從他家出來，翻過樓後的一堵牆就進了北京火車。沒人管，我倆沿著鋼軌走上站台，見一列空無一人的火車正靜悄悄地趴在那裡等待著旅客。我們鑽進了車廂，隨便找個座位坐下。我們也不知道這列火車是開往哪裡的，會駛向何方？我們根本連想都不想，愛去哪兒去哪兒！就等著火車何時開動了，我們二人像兩個傻瓜似的心裡憧憬著美好的遠方……

五

這是我這輩子乘火車頭一次沒遇到查票的，不論是在國內國外。也許是這趟火車晚間發車的緣故？也許就沒有也許，完全聽天由命。我和彭剛把身上僅有的二塊錢買了盒飯，吃完一身輕鬆。當黑夜越來越黑，火車在黑暗中拚命地飛奔，我們也不知不覺地睡著了……

我們最終是在湖北武漢下的火車，確切地說是到了漢口。我們倆人舉目無親地逛悠在只聽說過但沒來過的漢口街頭，肚子餓得癟癟的。總要想辦法吃飯呀，彭剛便指望我去找飯錢。哪兒去找呢？只能找人要啦。可找誰去要啊？之前我是從來沒有朝陌生人要過錢，沒幹過這個，怎麼開得了口呀！

你去找女的要，彭剛給我出主意，你長得比我精神，比我好要。他說著還把我往路過的女人身邊推。實在沒辦法了也只能這樣試試了，我就朝一個年輕的稍微漂亮點兒的女人走去。沒經驗，我開口就衝人家要錢。不想那女人嚇得抬腿就跑，弄得我挺尬尷。

沒你這麼要飯的，你得裝可憐先說好話。你上去就要錢人家還以為你是搶劫的呢！彭剛小子倒教上我了。那你去要啊！讓我看看，好學習學習。我話音剛落彭剛就朝著一個老婦女走了過去，只見他低頭哈腰的，不知說了啥，惹得那老婦女突然破口大罵！雖然我聽不太懂，但肯定是在罵！彭剛被驚得拉著我趕緊走。

我問他說你說啥了？讓人家老女人都急啦！他說我只管她叫了一聲大媽，不想她就急了！也許她不是大媽，她還沒大媽那麼大，她不認為自己是大媽，嗨，說不清楚。

原來如此！我們怎麼辦呢？咱們去公園吧。彭剛說去公園。我心說咱倆都快餓得走不動了，還有心思去公園？他說畫畫的人一般都愛到公園裡畫寫生，沒準兒同他們一聊就會幫助咱們。我說那好吧，我們去找畫畫的人吧。我倆好不容易找到一個公園兩腿都走軟了也沒碰見一個畫畫的人，甚至連個人都沒有！我心想這年月人窮得哪還有心情逛公園啊？我突然產生一種絕望的感覺。

入了冬的南方比北方還要陰冷。到了傍晚的武漢大街上已人跡稀少。肚子裡一點兒食都沒有的我和彭剛餓得都不知道什麼叫餓了，只覺得渾身冷得發抖。也不能就這麼等死啊！還是彭剛的點子多，他說咱們去找收容所吧，到那裡總會管飯吃吧。他也想的出來，但也只好這麼做了。

我們還真找到了收容所，不對，是拘留所。我倆硬著頭皮朝裡走，被一警察攔住了。問：嘿，你們幹什麼的？我們想進去呀。彭剛回答說。進去幹嘛呀？這門是隨便能進的嗎？那警察兩眼瞪著我倆。求你啦，把我們關進去吧，裡面有飯吃，我們實在餓得受不了啦。彭剛聲調哆嗦地說著實話。搗什麼亂！那警察忽然厲聲地說，這裡面的飯是那麼好吃的嗎？不關三個月你們別想出來！我和彭剛聽了登時臉色煞白，我的媽呀三個月！謝謝您啦！謝謝您啦！我們倆人對那警察連聲道謝轉身就奔火車站方向去了。

老舊的漢口火車站並不大，想不起我倆是如何又混上了火車。這列火車是往北開的，就別說終點是哪兒了，只一站我們就被查票的乘務員和乘警趕下了火車。這是哪兒是哪兒呀？天黑得都看不清楚人了。更沒轍的是我們想再扒上火車完全不可能了，這本來就小的車站那檢票員像盯賊似的死死地盯著我們倆人。走吧，只能沿著鐵路旁的小路朝著下一站走。人到這份上也只能變愚蠢了，我們只愚蠢地想著走到下一站再扒上火車。那真叫一個悲慘啊！又冷又累又餓，整個一個悲慘世界！

我想我們走的這段路肯定沒出湖北，因火車就沒開出多遠嘛。潮濕又霧濛濛的曠野寂靜之極，根本看不到什麼村落，偶爾見一木頭房子也沒燈光死靜得像個鬼屋。彭剛簡直就快要死了的樣子，他有氣無力地對我說他真的走不動了。我告訴他說你不走就真的死定了！我差不多是在拖著他走，其實我覺得我離死也快不遠了。

謝天謝地，我們最應該感謝的還應該是自己！我們總算走到了離得最近的一個小車站。這車站的站台沒有遮欄，但有一間很小的候車室。當我倆人像幽靈一樣挪進去，嚇得裡面不超過五個的候車人全都驚恐地望著我們。我衝他們下意識地擺擺手，算是打了個招呼，隨後我和彭剛便癱坐在地上，好半天沒人說話。

等緩了一會兒，我對一個同我們年齡相仿的小夥子說，哥們兒，有吃的嗎？彭剛一聽吃的立馬也來勁兒了，我們可以跟你交換，你有吃的東西嗎？那小夥子是鄉下人，他膽怯地直想躲我們。倒是他身旁一個歲數大的人說話了，你們拿什麼換啊？這下可問住了我們，我們身上沒什麼東西啊！你看這衣裳行不行？沒穿幾天是新的。彭剛小子為了吃的衣裳也不要了。這使那歲數大的人很感興趣，他走過來仔細地看了看我們倆人身上的衣服，又用手摸了摸說，好吧，怎麼換？

在一通討價還價之後，成交的情況是這樣的，我倆身上的衣服，也就是棉衣的外套兩件，換一斤糧票，兩塊錢，外帶四個燒餅。其實我們虧大了，那時買一件藍卡其布外衣可不少錢呢，而且還要布票。但我倆落到這種地步哪還想那麼多，只要有吃的不被餓死怎麼都行！

四個燒餅我和彭剛一人兩個，我一個還沒吃完，他已經兩個都下肚了。看他那飢餓的樣子我想再有十個燒餅他也照樣能吃下去。我就把我手裡的一個燒餅給了他，他似乎覺得這是應該的，他說反正你也沒我能吃，你吃一個也夠了。你說彭剛這小子！不過我覺得他確實也受不了累挨不住餓，可老話說人只有享不了的福，沒有受不了的罪。何況我們受的罪又是自找的，那你就受著吧。

六

當我們再次登上火車已經是半夜了。這列火車是我有生以來坐過的最古老和破舊的，以後就再也沒見過。整個車廂全是用木頭條做的，刷著的漆已經剝落。車廂內燈光微弱，沒有多少乘客卻彌漫著濃烈的泥土味兒和說不出什麼味兒的氣味兒。一眼看去就知道全是鄉下人，全都搭拉著腦袋不知是睡了還是沒睡。我和彭剛找個空位並排而坐。我倆把外衣賣了之後身上還穿著棉襖，我的這件還好，是件深藍色的海軍戰士穿的，是我哥哥從部隊回家探親時送給我的。而彭剛穿的那件是家做的，可能是他媽媽做的，說黃不黃說綠不綠還打著補丁。這件棉襖穿在他身上看上去他比鄉下人還鄉下人，說難聽點兒就是個要飯的。我倆人也真是太睏了，坐下不一會兒也搭拉腦袋同車廂裡所有人一樣昏昏欲睡了……

是不是在作夢也不知道，突然聽見一個女人尖銳的聲音刺耳地在叫：起來！到車門去！這不是在作夢，原來是個矮胖近乎滾圓的女乘務員在查票。只見她正手抓著一個面黃飢瘦高個子的鄉下男子的脖領子，一邊叫著一邊氣勢洶洶地朝車廂門口拽。那高個子的男人像條老實的大狗一樣很不情願地隨她走。更嚇人的是在這個像滾刀肉般的女人身後還跟著個老乘警，那老乘警背著手兩眼掃視著驚恐的乘客。忽然他說話了，並用粗大的手指對乘客們指指點點，跟你們說，我當警察都三十多年了，誰買沒買票，我一眼就瞅得出來！彭剛小子仍搭拉著腦袋卻低聲對我說，他可解放前就是警察。你！票呢？到門口去！這老警察還真是一看一個準兒。他繼續在抽查著，很快便走到我們面前。我抬頭盯著他，而彭剛就不抬頭。少裝睡！他用手指戳了戳彭剛的腦殼。幹嘛呀你？彭剛裝傻。你的車票！老警察的目光咄咄逼人。我的車票，我的車票哪兒去了？彭剛還在裝。到車門去！隨著老警察的話音，那個滾刀肉似的女乘務員緊跟著就衝了過來，她一把抓住彭剛衣領子，就像拽隻大黃狗一樣硬是把彭剛拽走！我一見這樣也站起來跟著朝車廂門口走，我不能扔下他不管呀。火車總算停站了，那老警察把我們倆交給了車站派出所。

這是到了河南的信陽。我們在派出所內被一個無精打采的小警察審問了一遍，他覺得我倆也沒偷沒搶只是沒買車票就把我們給放了。外面的天已經亮了，車站前骯髒的街道上已有小飯館開了門。我倆想去吃個早點什麼的，可彭剛這小子在口袋裡死活也翻不出那兩塊錢和一斤糧票！他讓我找找，我說找個屁！明明揣在你身上我哪兒找去？這下又完了，我們又要挨餓了。可彭剛卻意想不到地找到二分錢硬幣。這有啥用？啥也買不來。你去洗洗臉吧！他指指路邊擺著臉盆盛著熱水但要收二分錢的攤子說。我納悶他怎麼忽然有了這麼好的心眼兒？接下來他又說了，你把臉洗乾淨了好去要錢呀！說真的我真想動手抽他！

就在這時，街道兩邊本是鴉雀無聲的破舊的房屋突然全都屋門大開，呼啦鑽出一群群衣衫襤褸的大小髒孩子們，他們見到從車站裡出來的人便圍上去討錢討吃。這場景把我和彭剛都嚇傻了眼，我們眼瞅著幾個孩子奔我倆而來。彭剛連忙揮手說，走開，走開，我也是要飯的！我心說沒錯，我們也是要飯的。你說要飯的去找要飯的要飯，誰給誰呀？

有啦！彭剛好像發現了什麼，他讓我等著，就朝個像是下放的國家幹部模樣的人走去。只片刻功夫他又灰溜溜地回來了。沒戲！這他媽的還是共產黨幹部，一點兒同情心都沒有！我跟他們好話還沒說完呢，他們就轟我走，真是太摳啦！

我本想說些什麼，我又什麼都不想說了。我的滿眼都是貧窮和一群群飢餓的孩子，還有一條飢腸轆轆的街道……

直到太陽高照，這是我們此行唯一一次見到陽光，好運降臨到了我們頭上。我們在街上遇到一位好心的大姊，看模樣三十歲左右，我懷著僥倖心理開口問她能不能給點兒飯錢，沒想她停了下來並仔細地詢問我們的情況。我們如實地跟她講了，到了這種地步我們也只能認她是菩薩了。這女人還真好，她痛快地從背包裡掏出兩塊錢給我，我的天喲，又是兩塊錢，看來我們能夠得到的數目也只有二這個數了。這個女人讓我和彭剛先去吃飽肚子，然後再去找她。她指給我們看不遠處的一幢灰牆皮的樓說，她就在那樓裡的二層辦公。

彭剛是不停地給人家作揖，而那女人已轉身漸漸地消失在一條彎曲的巷子裡。我們倆人急忙裝著財大氣粗的樣子走進一家飯鋪，也不管吃的是什麼，只是一通往飽了吃！飯後我倆覺得應該再去找找那個女人，很好奇想知道她是幹什麼的？

那灰樓的門口掛著一塊醒目的牌子，原來是信陽民政局。進去是不進去？想想不進去我們倆人基本上是沒活路了。上了二層樓辦公室，那位大姊果然在。她又問我們家住北京什麼地方？父母親在哪裡工作？我沒說我爸是幹什麼的，我爸那時正被正下放到幹校勞改。我只告訴她我媽的工作單位是在北京復興醫院。她問我知不知道電話？我搖搖頭她也就不再問了。她讓我們先在一間有乒乓球台子的大房間裡等著，可以打打乒乓球。我跟彭剛根本就沒法打，他笨得連球都接不著，我只能鬧著兒用球去抽他！

過一會兒那位大姊叫我到她辦公室去，她讓我快點兒接個電話。我摸不著頭腦心想誰的電話？電話那頭傳來了我媽媽的聲音，你不是在白洋淀嗎？怎麼又跑到那麼老遠的地方幹啥去了？你真是不給我省心呀……

我確實真的太不給我媽省心了，前年也就是一九七〇年我不是跑到山西和內蒙去了嘛，那次就給我媽急壞了，可那次好歹我自個兒回來。這次倒好，回都回不來了，還要求助於人家，真是越活越丟人！

七

在當天的下午，那位好心的民政局大姊就把我和彭剛送上了開往北京的列車。車票是她給買好的，上車前還給了我五塊錢作為路上的飯費。當然這錢我後來得知都是我媽出的，她郵寄給了信陽民政局。我們先鋒派的這次在路上之行就以這樣的結局結束了，之後在朋友圈裡傳開便成了談論的笑話。

一九七三年雄心勃勃地邁著大步走來了，我說的雄心是指我們而言。因為這一年我們這些人都開始在瘋狂地寫詩和畫畫。也不知為了什麼，起碼我不知道我為了什麼？這一年我寫的自認為這就是詩的詩作太多了，各種稀奇怪誕的詩句，能記住的和記不住的，能留下的和留不下的。除了如今能在我的詩選裡看到一些之外，我印象比較深的還有兩首長詩，一首是〈綠色中的綠〉，另一首名為〈第二十三個秋天〉。不過這兩首詩都被我後來給銷毀了，雖略覺遺憾，也不再想回憶。

這一年彭剛也畫了不少的油畫，其中那幾幅表現我倆人在路上的畫作令我看了開心大笑，他自己也很得意，再加上周邊的朋友都稱讚他是當今在世的梵谷，我真的發覺就連他的樣子和行為都跟梵谷相似了。

這一年也是當時在北京城寫詩為數不多的人最活躍的一年。每個人都在寫不說，還互相給看，還互相較勁兒看誰寫的詩句更好。老多多就曾在一篇文章裡寫過當年我倆互相交換詩集看的事，確有其事。他這個人一向是挺謹小慎微的，之前不輕易讓別人看他寫的東西，不讓人知道他在幹什麼。這一年他也顯露猙容了。老多多有幾本厚厚的碩大的筆記本，上面摘抄了許多中外著名詩人的詩和詩句。有一個本子裡竟然還抄有不少我寫的詩句，哈哈，也有根子寫的一些句子，但都沒抄完整的詩。

我和彭剛在這一年沒少去找過多多。我倆去找多多都是為了讓他請我們吃頓飯。老多多聰明得很心裡全明白，趕上他高興了怎麼都好說，吃

80 年代的彭剛。

一頓就吃一頓唄。若遇到他煩燥時，我想多半是在寫詩呢，他就會把我們拒之門外。不過他也不會讓我們白跑來，他會從門縫裡伸出一隻手遞給我倆幾塊錢，意思是在說，滾吧！我有事，我煩著呢！我和彭剛也知趣，拿上錢樂呵呵地就跑進了飯館。

多多的父母是我個人覺得最慈祥的一對老人了。我在上初中的時候就沒少去過他們家。他們都是很有教養的知識分子，每次見到我都很親切。尤其是他的父親，待人十分溫和，他脾氣好得就讓你看不出他會發脾氣。多多在家中是最小的一個孩子，他上有一個哥哥和一個姊姊，都已結婚只偶爾回家探望父母。多多自然受他父母寵愛就不用說了，他也總比我和彭剛手裡有點兒錢，所以也怪不得我倆常去找他混飯吃。

彭剛給過多多不止一幅自己畫的油畫，我見過就有一捆。那年頭兒沒有什麼人買的起油畫布，用的都是油畫紙。多多很是欣賞彭剛的畫，他一直小心地收藏在家中。但那一年在北京發生了一件令形形色色的年輕人都不安和恐慌的事情，傳說是中共領導人江青的指示，只一夜之間就有成千上萬的年輕人都在半夜被從家裡抓進了拘留所，和關進了事先準備好的地下室。抓人的理由什麼都有，比如說有打砸搶的，有看黃書和聽黃歌的，其實就是看外國人的書和聽國外的音樂。還有什麼胡寫亂畫的，一句話就是反動的等等。

我那次也被抓了進去，關在了國務院宿舍的地下室裡。那下面關了上百人，都是附近各大院的，不是面熟就是認識。我被關了三天，最後也沒審問，莫名奇妙地進去了稀里糊塗地被放出來。那次根子也被抓了進去，關在哪兒關了幾天我也不知道，反正從那以後就再也沒人聽說和看到過根子寫的詩了。多多倒是沒出啥事，他這輩子也沒被抓起來過。不過他被嚇得夠嗆，有一件事便可以證明，那就是彭剛的畫。當這件抓人的事情風波過後，我去他家找他，無意中聊到了彭剛。只聽多多一聲壞啦！他接著就跑到他家陽台往屋頂上爬。他家小樓的屋頂是平面的，上邊有什麼東西也看不見。過一會兒他從屋頂上下來，手裡拎著一捆彭剛的畫。這捆畫已被多多扔上屋頂好幾個月了，風吹日曬加上雨淋的，還能好的了嗎？早就糟成一堆破爛兒啦！

這一年還有一事，在前不久多多六十五歲生日時他還和我聊起過，當然他只聊他拉著我奔一家酒館而去，從褲兜裡掏出一大把鋼崩扔在櫃台上，那掌櫃的先是瞅瞅我倆又瞥了一眼那堆硬幣，然後從一酒罈子裡給我倆各打滿一大碗一毛三分錢一兩的老白酒，多多先於我咕咚咕咚一口氣兒灌進肚裡，我隨後也一飲而盡，接著……接下我再從頭講起，那是幾月分的事我記不清了，多多有一天突然跑到三里河我家的大院兒來找我，也不知他受了什麼刺激，他竟剃了個大光頭，這可是自我認識他以來頭回見到，他一直都留著大分頭。我當時真的以為他是要出家當和尚去！

再說我倆把一碗酒灌進肚裡後的事，只見多多瞬間滿臉變得通紅，眼睛也紅得像兔子似的，他正好也屬兔。我說你沒事吧？他說有！他說讓我跟他打架去，也不說打誰，我就只好跟著他走。我倆面紅耳赤滿嘴酒氣地搖晃在大街上，真是人見人躲。

總算走到了，走到了鐵四區魯燕生和魯雙芹兄妹的家。一進他們家的客廳，就見老根子正悠閒自在地坐在裡面，我摸不著頭腦不知怎麼回事？再看多多他在路上還顯得氣勢洶洶的呢，怎麼一進屋裡便一聲不吭了？我是一會兒看看多多一會兒又瞅瞅老根子，心想莫非是他要跟他打架？那場景那叫一個尷尬！如果真的是多多和根子動起手來，你說我是幫誰呢？幸好，也真是幸好，這架沒有打起來。據我對他們二人多年的了解，老根子是從來不會動手打架的人。多多倒是有可能動手，那要看對手是誰。當他面對著老根子這種一臉笑呵呵的人，他的怒氣瞬間就不知跑到哪裡去了？他的脾氣呢？他為什麼要跟他打架？這事就是個笑話，不說也罷。

八

一九七三年這一年，我和彭剛也沒少往新街口三不老胡同去，趙振開和他弟弟趙振先就住在這條胡同裡。趙振開沒去插隊，他被分配到了北京第六建築公司當工人，幹的活是打鐵。在那年月能被留在北京城裡當工人是極少數人，算是幸運的。我曾去他上班的地方找過他，看他在廠棚裡打鐵。號稱他師傅的人拿把小錘子，而他掄著大鐵錘，他師傅的小錘子點到哪裡，他就朝著哪裡砸，叮叮噹噹很有節奏。一連不知砸了有多少下，趙振開滿腦瓜子冒汗，我看得都累。不服不行，不服你試試！他打鐵打的胳膊和手腕子巨有勁兒，那時我們這些朋友跟他掰腕子沒人能贏他。

振開由於有工作有工資，我和彭剛這兩個窮得叮噹亂響的傢伙便時不時去找他蹭飯吃。他在對待朋友這方面還是很夠朋友，沒記得他拒絕過我們。他若是沒在家時我們就去找他弟弟趙振先，振先小名叫寶寶，寶寶與我同年生人，也好文學，寫個文章和小說什麼的。當一九七八年下半年我們在創辦《今天》文學雜誌時，趙振先也想加入。但北島不同意，振開這時已換名叫北島了。他主要擔心萬一我們辦雜誌出了事，不能親哥倆兒都被抓進局子裡去，總要留一個在家裡照顧父母。我認為他說的也是，便同意不讓振先參與此事。

趙振先在一九七三年這一年沒工作閒在家裡，我們與他見面的時候好像比他哥哥還多。由於我和彭剛老去他家找他，起初還好，到後來寶寶沒煩他父親倒煩了。這或許是他父親覺得我和彭剛倆人整天游手好閒的也沒個工作，會把他的兒子給帶壞了。

北島在他寫的一篇回憶他父親的文章裡提到過他父親對我和彭剛的態度，是因為有一次我們去他家他父親不讓我們進家門了，他父親冷冷地說了一句你們以後不要再來了！我和彭剛面面相覷。

這事過了一段時間在我們遇到寶寶時跟時跟他講了，寶寶說難怪你們倆不去找我了，原來如此！一向性格溫和的他回到家裡竟跟他父親大吵一架，事後我聽振開講起過，我心說這寶寶看起來沒脾氣其實脾氣還挺大！不過日子久了大家似乎把什麼都淡忘了，當一九七八年我和北島創辦《今天》雜誌時，我又去了他家，又見到了他的父親，我還在他家過過夜，大家都跟沒事人一樣。

趙振開兄弟倆人的母親是位醫生，她那時工作在國家財政部的醫務室，是一位我非常敬重的母親。她從來沒給過我不好的臉色，見我總是很親熱的樣子，少不了還跟我聊聊。她和我說過她見過我媽媽，因為財政部離我媽媽工作的復興醫院沒多遠。我也不知為什麼我一直都對從事醫務工作的母親們充滿好感，而我的朋友們中又確有不少人的母親是幹這一行的。這或許是她們更懂得要善待他人？有一點我是認定的，我們的母親，如振開和我的母親，她們在對待子女方面，在對待我們選擇走哪條路的時候，她們絕對不會先想到我們會給她們帶來什麼後果，更不會因此而害怕對我們譴責和阻攔，她們只會對我們的安危擔心，只會盡力去幫助我們。我就沒聽說我的朋友們中有哪位母出賣過自己的孩子，她們似乎從骨子裡就覺得自己的孩子沒有錯，錯也不是自己孩子的錯！這或許就是我們所說的母愛吧。

一九七三年可以說是北京地下文化沙龍最活躍的一年，寫詩的年輕人和畫畫的青年們經常聚在一起談論詩與繪畫。有一個聚會地點必須提到，那便是魯燕生和魯雙芹兄妹的家。魯雙芹也叫雙子，她和她哥哥住在復興門外的鐵道部宿舍，也就是鐵四區的大院兒裡。我和彭剛是他們家的常客。我們在白洋淀一個村裡插隊的多多、根子，還有盧中南也常聚在那裡。盧中南在小學時就和我同學校，我們的小學大都是國家計委等部委的幹部子女，一九六四年後名叫中古友誼小學，我們是首屆畢生業。上中學時他又和我一個班，而後又一同在白洋淀一個村落戶。盧中南那時學畫油畫，多少年後沒聽說他成為畫家，倒是成了一位頗有名氣的書法家。

魯燕生也畫油畫，他是一直堅持到底，現如今是中央民族大學的油畫系教授。至於彭剛我在這本書後還會說到他。只說幾年前他突然幽靈般地從美國來找我，之前我們已有二十多年沒聯繫沒見過面了，只聽傳聞說他死在美國了。他一見我便哇啦哇啦地說開了，我怎麼會死？我現在牛逼大了！我在美國的矽谷，是一家大計算機公司的總工程師！我這次回來可是來視察的，我還要去巡視東南亞！哈哈我的媽呀，真的假的？還真是真的。但這小子不論變成啥身分他骨子裡還都是原來那個樣兒！

九

我帶嚴力去鐵四區魯燕生他們家也是在一九七三年，那時嚴力已開始寫詩了，並時常把他寫的詩拿給我看。他是一九七〇年從上海回到北京的，原本他父母把他寄養在他祖父家，他祖父在上海是一位頗有名氣的老中醫，但在文化大革命中遭迫害自殺了，他只好被送回到了他的出生地北京，回到了父母的身邊。

嚴力的家也住在西城區三里河一帶，這一帶基本上都是國家各部委的所在地，還有分三個區的宿舍大院兒。嚴力的父親在中國科學院工作，家住三里河三區，而我家在一區，離得不遠。他一回到北京便和我認識了，他那時因口音和穿戴透著與北京孩子的不同，所以我們都管他叫小上海。

嚴力除了寫詩還是個打撲克牌的好手，他不但各種玩兒法都會，而且幾乎總是贏。我當初帶他去鐵四區主要是為了打橋牌，我倆是搭檔。如果有的時候趕上魯燕生約來幾個朋友在一起畫畫，我們還會給他們作肖像模特。

同住在我們大院兒裡的孩子，我知道那時寫詩的還有馬佳，他當年去了黑龍江的生產建設兵團，每次回來都讓我去他家看他寫的一大本一大本的詩。他寫的短詩很少，每首詩都是又激情又長。多多在他的筆記本裡也抄過馬佳的詩句，這為數不多在一九七三年寫詩的年輕人都互有來往。

幾十年過去了，同住在一個大院裡的馬佳我是再也沒聯繫。還有那個吳川，他那時學拉小提琴，也譜個曲什麼的。我記得我曾給他寫過兩首歌的歌詞，詞曲我現在都忘了，好像有點兒俄羅斯歌曲的情調。我和吳川也是至今沒再見過面，但在一九九七年的時候，我被日本現代文學研究會邀請去日本大阪參加文學活動，有一天主辦方的人突然告訴我說有個日本大學的教授打電話給我，讓我去接一下，我心裡納悶會是誰呢？因為我認識的日本教授全都和我在會場裡呀，一個不少。當我接過電話一聽對方的聲音竟是吳川！他是什麼時候到日本的又怎麼成了日本大學的教授我是一概不知。我們在電話裡簡單地聊了聊，他說他是通過看報紙知道我到了日本，可惜他有事來不了見我。他說他最近會回北京一趟，到時我們再見面。就這樣我們算是知道彼此的下落了。沒過太多日子，吳川還真是回了北京一趟，可不巧的是我又去了歐洲，我們還是沒有見到。這也許就是命，我青年時期所交往的許多朋友肯定都還活在世上，但就是沒法遇到，也誰都不知道誰誰誰現在是怎麼個狀況了，這就是命。

嚴力是我一直都沒怎麼斷了聯繫的老朋友。他最令我驚訝的是他手裡竟然還保存著我一九七三年寫的一些詩稿。這些手稿是我送給他的，應該說是目前存世的我最早的手稿了。其中有一首比較長的詩叫〈回家〉，說實在的，如果不是他在不久前讓我看到，我早把這首詩忘到腦後了。聽說他把我的這些手稿影印件交給了老鄂，老鄂的全名叫鄂復明，他是我們早期《今天》文學雜誌的一位重要人物，編委之一，有關《今天》的許多資料都由他保管著。

嚴力是哪年被招工分配到北京第二機床廠工作的我記不清了，只知道他是個鉗工。每當我從白洋淀鄉下回來總是要和他混在一起，我也幾次帶他去過大淀頭村。

七〇年代的白洋淀還比較原生態，

1977 年嚴力（左）與多多。

景色也是那種比較原始的美，有大大小小的湖泊幾十個，那縱橫交錯的河道更是多到無數條。有大片大片進去就容易轉了向的蘆葦蕩，有各種各樣捕魚和運輸的木船行駛和飄蕩在水面上。白洋淀被稱為華北的一顆明珠，北方的漁米之鄉，其實那裡在七〇年代窮得很，主要就是吃不飽缺糧。我們所在的大淀頭村是個以捕魚為主業的村子，村民大多數都是打漁的，村裡就沒有多少莊稼地。全村人的口糧幾乎全靠公社供給，也就是靠政府撥給的，不夠吃不說，而且還都是最差的糧食。有什麼沾滿灰土的白薯乾啦，帶殼的高粱米啦，還有已經發了霉的玉米粒兒。不瞞你說，這些東西我是真的難以下嚥，有時寧願餓著。你或許會問了，你們那兒不是打漁的村子嘛，可以捕魚吃啊！你是不知道那年月，政府有令，嚴禁私自捕魚，誰要是敢偷偷下湖下網捕些魚吃，別被抓著，抓著就沒好了，漁網漁具被沒收不說，人還要被五花大綁送到公社！說你是搞什麼資本主義小自由，這話聽起來就彆扭。老百姓還是膽小的多，怕事的多，忍飢挨餓吃苦的多。誰還敢想著去吃魚啊，只能望水興嘆了，喝點湖水涮涮腸吧。

但也有膽大的，不要命的。當地村民流傳著一句話是餓死膽小的，撐死膽大的。我們村是漁村嘛，漁民們總是要捕魚的，只不過要經過生產大隊組織的專門捕魚隊去捕撈，捕到的魚當然要上交給公社和國家，這樣才能換來村民的口糧，不然就餓著你們，這叫什麼事啊！我們村裡這些膽大的人，都是二十歲左右的年輕人，都跟我關係不錯，他們會趁著夜色弄條小船悄悄地划進湖裡。捕魚的人往往是在天黑前把漁網下進水裡，等到天亮再把漁網拉出，魚就在網上了。而這幫小子提前動手了，他們把偷撈上來的魚放在其中一人家的大柴鍋裡一燉，再弄些劣質的老白酒，這幫人便往死了大吃大喝起來。那魚那叫一個腥啊，因為沒有什麼佐料，連醬油都沒有，只往裡放把鹽。可仍舊被大夥兒吃個精光！沒辦法小夥子們都餓呀，肚子裡常年沒有油水，連拉出的屎都硬的跟石塊似的哈哈。我就是這麼經常飢一頓飽一頓的把胃給弄壞了，患了胃潰瘍。更要命的是這些魚給我自己吃傷了，直到現在我只要見到湖裡和河裡的魚我是一口也不想吃，我就彷彿又聞到了那股腥味兒，想像著各種白洋淀的魚類在我的腸胃裡游來游去，我的媽喲，我直想嘔吐。

十

不是一九七四就是一九七五年，只記得是個不冷也不熱的季節，嚴力隨我去趟白洋淀。我帶他此行是去參加一個叫李福生的大妹妹的婚禮。李福生與嚴力同歲，都屬馬。但嚴力只有一個妹妹，而李福生下面的妹妹有五個，他是家中孩子的老大。姓李的在大淀頭村是外來戶，這個村的村民姓朱的最多，另外還有兩大姓便是趙和董。李福生的父親有個外號叫大燒餅，遠近聞名，你一聽就知道了他們家傳的手藝就是做燒餅。不過那年月連粗食都不夠吃更不要說見到白麵了，哪還做得了燒餅，他父親和李福生只能跟著生產隊去幹各種農活了。

我去白洋淀的時候李福生剛好十四歲，我進村沒多久他就跟我混熟了。他們家在村裡屬於最窮的那幾戶人家了，只有一間房子，屋裡擠著一大群孩子，勞動力只有他和他爸，他爸又是個老病號，一年在生產隊裡掙不了多少工分，能不窮嗎？他媽媽倒是真能吃苦耐勞，餵養著這麼一大家子，早早地頭髮就花白了。

這李福生也確實是個值得交的小夥子，我在白洋淀這些年他算是跟我最好的一個。也許是他從出生就開始吃苦吃慣了，所以他好像也不知道什麼叫苦。別看他身材不高皮糙肉厚的，可腦瓜聰明得很。就說下棋玩牌吧，我就沒聽說過整個白洋淀有誰下象棋不服他。再有當時村裡賭博成風，也沒人管，好賭的村民把手裡僅有的一點兒錢全扔在賭桌上。李福生就有這本事，他能知道誰手裡是什麼牌，當地最流行玩牌九，他可以身無分文便贏幾塊錢回家，這在當時也是不小的數目。還有一事我記憶深刻，他知道我沒錢了，沒菸抽了更沒有酒喝，正好有一小子在跟人打賭，指著一隻不大的癩蛤蟆說，誰要是把牠吃了，我給兩塊錢。李福生撿起那蛤蟆直接就吞進肚裡，拿過兩塊錢給我說，走，買菸買酒去。我盯著他問，你什麼感覺？他說沒什麼感覺，就是那蛤蟆在進嗓子眼兒的時候踹了踹腿，哈哈這就是李福生。

還有更邪的呢，李福生在村裡人緣很好，男女老少都愛跟他開玩笑，跟他玩兒得好的小夥子也很多。大家都管他叫李鐵拐，這外號是怎麼來的呢？那是在他不到二十歲的時候，有一次他從別人那裡借了輛破自行車，這村裡總共有自行車不超過三輛，他也沒怎麼騎過就騎著去七里多地遠的公社。他沿著白洋淀的大堤上走，沒有騎穩就一下子衝下大堤。這下可把他給摔壞了，摔得一隻腳朝前一隻腳朝後了，四周也沒有人怎麼辦呢？這小子一咬牙硬是把那隻腳給掰過來！他事後說我不掰過來不成啊，我不知自己該往哪邊走路呀？這就是李福生！這小子後來也沒找醫生看，時間長了腳長好了人也瘸了。

再說李福生的大妹妹出嫁，她剛十八歲，可家裡窮不急著嫁出去不行啊。她嫁給了本村的一個小夥子叫朱國寧。這國寧也是家裡最大的孩子，家境一般，不過在村裡也是人緣極好，再加上父輩威望挺高，所以包括村書記村長村里的頭頭們都熱心於這樁婚事。

李福生希望我給他妹妹當伴郎，並還要求我再從北京找一個漂亮的小夥子來，說伴郎需要兩個人。我答應了便把嚴力帶到了大淀頭村。這村人結婚有自己的風格，就是作為女方的伴郎是男方家裡最尊貴的賓客，必須招待好了，如招待不周不滿意了，伴郎可把新娘子帶回去不嫁啦！這下我和嚴力可慘了，村裡的頭頭們都算是男方一邊的人，他們輪流地灌我們倆人老白酒，直至把我和嚴力喝得不省人事。新娘子肯定是帶不回去了，我倆倒是被人抬了回去。到現在嚴力提起此事還心有餘悸，我們一直到第二天下午才睜開眼睛，在一旁守著的李福生笑得死去活來，他以為我倆快要死了。

多少年過去了，我和嚴力都還健在，而李福生卻是短命，吃苦吃到四十歲初頭，突然患一種絕症病故了。他活著的時候沒少在白洋淀接待從北京去那裡遊玩的朋友，我想凡是去過大淀頭村的這些文學藝術圈的人沒人不知道福生這個名字。

再說嚴力自從掙上工資以後就少不了請客吃飯，不到半個月錢準花完。後半個月就比較慘點兒了，只要是吃的見什麼吃什麼。只要我在北京，他就沒少敲我家的窗戶，我住的房間是在一層，我一看是他，就知道他是來討食吃的。我總是跑進廚房看看家裡有沒有饅頭，有就拿兩個從窗口遞給他，他吭都沒吭過一聲就不知他消失到哪裡去了。

記憶很深的有一次我倆人吃包子，那餐館好像叫厚得福，在我們大院兒後面的月壇北街上。這家餐館的小籠包子很有名，我們倆人點了好幾屜。這段時間正是嚴力沒錢的日子，他肚子已素得沒了油水見到包子便一通猛吃。吃多了他可就被撐得難受了，為了讓胃裡的包子趕緊往下走，他愚蠢地在大街上不停地蹦跳，真是夠丟人現眼的。

是的，人是不能去笑話別人的，有時會遭報應。另有一次是他剛發了工資，他慷慨地請我去了老莫，老莫全名叫莫斯科餐廳，俄式西餐，在北京展覽館西側。一頓西式大餐，外加我倆喝了一瓶櫻桃白蘭地，酒足飯飽之後我們又去不遠處的紫竹院公園閒逛，主要是嚴力想拍些照片。他有一架忘了啥牌子的照相機，經常隨身攜帶。他喜歡拍照，現在想起來還真是幹了件有意義的事，我們年輕時候的許多照片都出自他的手。接著再說我們進了紫竹院公園之後，我的胃突然開始劇烈絞痛，疼得我頭冒冷汗路也走不動了一屁股坐在地上，這一坐足足坐了有一個多時辰，嚴力本來興致很高想好好地拍些照，這下他好心情全沒了，一臉掃興和無奈的樣子。當然隔了些日子我們又去了趙紫竹院拍照片，這就不說了。

那一年是哪一年我記住了，肯定是在我那次胃劇痛之後。有一天我媽告訴我說嚴力住進了復興醫院，我大驚他怎麼啦？原來他在家裡半夜也胃絞痛，說是比我痛的還痛，滿地打滾，他媽都叫來了急救車，把他送進了醫院。一查竟是胃穿孔，必須做手術！就這樣嚴力被切掉了一塊胃，他休養了好長一段時間，也不能大吃大喝了，酒更是一滴也不敢沾。我以為他這輩子從此會斷了酒呢，誰想他養好以後又開喝上了。而且到現如今都六十多歲卻越喝越歡。

十一

我是一九七六年一月分徹底從白洋淀返回北京的，就是說我的戶口也離開大淀頭村不歸那裡管了。記得當時村裡姓田的村支書對我說，你別在這兒待著啦，回北京去吧。我不解其意？他又說，你不是我們村裡的人啦，你的戶口已被遷走了。我不知是真是假？但看他一本正經的樣子，我只能信了，那就回北京吧。走之前我把自己的被褥和一些衣物什麼的全都送給了村裡人。還有自己寫的一些詩稿，覺得也沒啥用，全都扔進灶坑裡燒了。我心說再見吧大淀頭村！我在這裡斷斷續續也生活了七年，與村裡的男女老少幾乎都混得面熟和認識了，不能不承認還是有些留戀。但我終歸還是不屬於這地方的人，就連村裡的人也都一直這麼認為，所以我該離開還是要離開的。

但在我走後的差不多每一年，只要我有時間都要去白洋淀村裡去看看，直到李福生死後，那是哪一年呢？我再次去時在晚間作了個極恐怖的噩夢，我夢見我躺在墳地裡，四面全是墳頭兒，我想找誰都找不到，叫誰也沒誰答應，我猛地驚醒了，一夜沒敢再睡，只感到心裡無比荒涼！就突然覺得我不該再來這地方了，這明擺著是在提醒我，這地方與我的緣分已盡，我不能再到這裡來了。從此我還真是腳沒踏進過大淀頭村。

至於我的戶口是怎麼從白洋淀遷回北京的，回到家裡我媽告訴了我。當年在白洋淀許多村子裡都有從北京來插隊的知青，我們常常相互各村去轉悠玩兒，認識了不少人。有一次我划船到一個叫邸莊的村子裡，一個叫陶雒誦的女知青接待了我。她是北京師大女附中的，與我們村的兩個女知青是校友。再聊她還認識趙振開，因她的男朋友叫趙金星是北京四中的。那已是一九七五年了，我們村裡的這幫男女知青都已離開。唯獨我還留在村裡也沒想著要回北京。陶雒誦倒是想著要回去跟我提起這事，她知道我媽在醫院工作，問我能不能去找找我媽？我心說你找我媽能幫你回北京嗎？那你就去找吧。

就這樣陶雒誦回到北京找到了我媽，在復興醫院開出了一封什麼證明信，她拿著這封信就把她的和我的戶口從白洋淀轉回了北京，聽著挺簡單的，說這叫病退。其實我覺得人家村裡早就不想要我們了，我們在那裡也沒什麼用，人家又沒啥藉口不好把你趕走，正好，你們趕緊走人吧！

一九七六年是出大事的一年。一月分我回到北京不久就趕上了第一件大事，周恩來逝世了，周總理他死啦！這可是個從小就在我們耳邊響聲不斷的名字，他怎麼也會死呢？聽到電台裡不停地播放哀樂，好像整個中國都是哀聲一片。我媽是死活也不讓我出家門，她怕我會在外面招惹什麼事。她還找塊黑布套在我的胳膊上，因為所有人的胳膊都套著黑袖箍。總讓我悶在家裡我怎麼受得了，趁我媽去上班的時候，我便偷偷地騎上自行車跑到大街上兜風。我漫無目的地騎了幾條街，每條街道都死氣沉沉的幾乎不見行人。那些日子只要是有單位的人和在校的學生都必須去哀悼。那些日子確實沒什麼意思，一個人死了全北京城也都半死不活的，誰都不能有歡笑，我也只好在家裡傻待著。

直到四月分清明節的時候才開始熱鬧了一下，那是在天安門廣場，許多人為了悼念周恩來聚集在人民英雄紀念碑下。那天又有什麼北京市工人糾察隊打散了悼念的人群，確實夠熱鬧的，這事後來被稱為四五運動啥的，到現在也沒人再提起了。

清明節那一天我媽連上班都不去了，她守在家裡就是為了看住我，怕我出去闖什麼禍。我覺得我媽還是不太了解我這個人，經歷了文化大革命聽慣了這個死那個死的，我早已對任何死亡的消息，尤其是什麼國家領導人的去世無動於衷了，但只有一個人除外，後面再說。

第二件大事就是在這一年發生了唐山大地震。唐山距離北京比較近，北京的震感也很強烈。當時我爸下放在幹校沒有回來，我和我姊陪我媽住在家裡。後半夜的時候我突然被一種震耳欲聾的聲響驚醒了，我頭一反應以為是戰爭，打仗了，聽見的是成群轟炸機的轟鳴。緊接著我看見我家的房間在扭動並嘎嘎作響，屋頂下飄下白灰。我馬上意識到這是地震，一骨碌下床跑進我媽的房間，我知道我媽有心臟病怕她受不了趕忙去攙扶她。地在顫動屋子在搖，我媽站不住。還好沒一會兒地不震了，我攙扶著我媽朝外面走。出我媽的房間就是我睡覺的屋子，真是太嚇人了，有一巨大的水泥加磚頭塊正好砸碎了我家北面的窗戶落在了我的床上！書架和櫃子也倒了，上面的瓶瓶罐罐碎了一地。原來是北面的大煙囪被震塌了，我真算命大躲了過去。

跟隨著大震上天也湊過來欺負人類，當我剛扶著我媽到樓外空地上坐下，忽然間便下起了瓢潑大雨！我又急忙往樓裡跑去拿雨傘，大地又晃上了。我已經不管不顧了衝進屋裡，我不能讓我媽遭罪挨大雨澆啊！那天這種餘震不知讓樓房搖晃了多少回，我也多次返回家中取所需的衣物，幸好樓房始終沒塌。

從這一天開始就沒人敢在自己家裡住了，等天亮後每家的人都在院兒裡搭建地震棚。這地震棚什麼樣的都有，只幾天的時間，滿大院兒，滿大街，滿北京城全是地震棚！交通全中斷了，馬路上已行駛不了公共汽車，所幸那時汽車少，更沒有私家車，誰的家裡有輛自行車就算不錯啦。

這段日子嚴力是最常來找我的一個，他有一陣子索性就和我住一個地震棚了。我倆在這個像是破船似的棚子裡一直住到天氣變涼了，住到沒人再住地震棚了才不住。這時候又出大事了，老毛去世了，中國人民的偉大領袖毛主席竟然也駕鶴西去，他去見馬克思啦！

十二

北島在他寫的一本書裡有篇文章提到過老毛去世這一天的事，那天他正好來我家裡，他說嚴力當時也在我家。他還說道我媽臨去醫院上班時對我們說今天會有重大新聞，讓我們注意收聽廣播。果然這新聞太重大了，讓人聽到後感覺頭皮發麻。一個億萬人高呼著萬歲的人，一個讓人不相信他會死的人，不，應該說是神，他怎麼也會不再活著了呢？

我們三個人先是面無表情地相互對視，接著鬼知道是怎麼回事，我們居然都露出了詭異的笑容，我們真的笑了，也不知為什麼會笑？這或許是當人猛地得知一件令人震驚又意想不到的事情發生了，都會不自覺地笑？都會自然或者不自然的笑？也不是這樣吧，就在這一時間整個中國大陸都沉浸在悲痛中，到處都是淚水，四面八方都是哭聲。不管是真的悲痛還是被一下子給嚇著了，反正人們的表情就是淚流滿面。當然也有不由自主笑的，比如我們，就當我們的笑也是哭吧，哭也是笑，笑也是哭。

也不知道是為了什麼，聽到這個消息我忽然特別想喝酒，我從家裡找出一瓶紅星二鍋頭，倒滿三杯，我們三個人每人一杯默默地喝著，我們無話，不知說什麼，我們的心情很是複雜。就算是我們送毛主席他老人家一路走好吧！但有一點我們雖然不說心裡也都明白，那就是另一個時代將要來臨了。

在毛澤東去世不久，又一件大事發生了，以他老婆江青為首的「四人幫」被逮捕啦！真是沒了毛的時代變化快。

這一年臨近年末的時候，我父親被下放到幹校七年後終於回到了北京的家中。他的歸來雖使家人高興，可卻讓我產生了不再想住在家裡的念頭。一是我都二十六歲了還沒有工作，整天讓他看著心煩。二是我父親是個老知識分子，他規矩多，脾氣又大，還容不得你跟他說理。再加上我也被遺傳的不是什麼好脾氣的人，所以免不了我一頂嘴我父親就生氣發火，這就難為了我媽。在我小時候的記憶裡，我從沒見過我媽和我爸紅過臉，這下可好，我媽為了我都跟我爸吵上架啦！

幸好這時候大院兒裡來招工的了，主要是來招這些從農村插隊回到北京的待業青年。我都沒考慮就報了名，很快便有一位招工的頭頭來家訪。這人有四十多歲，是北京造紙一廠的一位工會領導，他介紹了半天他們廠裡的情況，我都沒心思聽，我只問你們廠裡有住的宿舍沒有？看來他對我還挺感興趣，便答應我說，這次廠裡招工三百多人，只有四個國家正式工人的名額，其他全是合同工。如果我願意去，就給我一個正式名額。另外廠裡有職工宿舍，你家離工廠比較遠，可以幫我解決。我見他答應的挺痛快就同意去了，幾天之後我便進了東直門外的北京造紙一廠當上工人。

進廠後我先被分在供銷科，報了到就把我用汽車送到大興縣去了。那裡有個收購和儲存造紙原料的基地，其實就是個大草料場，有十幾垛堆得整整齊齊像三層樓房一樣高的大草垛，排成幾排。草料場離城裡很遠我只能住在那裡。看守這些草垛的除了我還有三個都快退休的老工人，是三個性格完全不同的老頭兒。我在這裡一待就待了有半年，這段時間倒也悠閒，只管管農民工，收收稻草麥草，出庫進庫的記個帳。

誰料想有一天農民工在幹活時，因電路出了問題引起一場大火，那火那叫一個大，離幾十米遠都覺得臉被烤得快熟了。由於那天又颳大風，只瞬間功夫幾個草垛都被引著了火。我們根本無法去救，只能眼睜睜地看著漫天滾滾的濃煙中大火在盡情地燃燒！

這大火把附近的勞改農場都驚動了，警察和當兵的押著成百上千的勞改犯前來救火。這群以年輕人居多的犯人還真是奮不顧身，那些稱為管教的警察發話了，誰表現的好就減刑！救火車終於呼嘯著趕到了，一排有十幾輛，所有的水槍一起噴，這場大火還是從天亮一直燒到天黑，救火的人個個已精疲力盡。

由於我在這次救火中表現得不錯，其實只是我比那幾個老頭兒跑得快些，第一個到達去救火，我被調回了廠裡，進了城哈哈。從這以後一年多的時間裡，廠領導便安排我這個車間幹幹那個車間幹幹，我也不懂他們啥意思，是想讓我熟悉造紙的過程，培養我成為一名懂行的造紙工人？還是因為各車間的主任都嫌我不聽話？反正我在哪裡幹都沒超過三個月，不過倒確實讓我懂得了紙是怎麼造出來的。

我在造紙廠唯一待的時間長的地方就是一間單身工人宿舍，這一點廠領導答應過我並做到了。要知道能在廠裡擁有一間宿舍實在是不易，工廠裡工人多，有許多年工齡的人都排不上號呢。

從一九七六年底進廠到一九七八年底離廠，我當工人的歷史也就兩年。因為在一九七八年下半年我就和北島等朋友籌辦《今天》文學雜誌了，這段經歷我會在後面寫到。我離開了工人隊伍，我今生注定是與當一個好工人無緣了。

在我進工廠的這兩年時間裡，也是我們這些寫詩和畫畫的朋友疏遠的一段時間。趙振開或許在一門心思地寫詩，否則他怎麼會在一九七八年拿出他的油印詩集《陌生的海灘》？多多是不是結婚了？我和嚴力有一次去他家碰見一女子，再去多多就把我倆拒之門外。彭剛是沒了蹤影，他再來找我已經是一九七九年我們正忙著辦《今天》雜誌的時候，這事我在後面再說。而嚴力此間也結交了一個畫畫的叫李爽的女子，這李爽還是我帶給他認識的，但我也記不得我是怎麼跟這個女人認識的？只記得她想見一下畫畫的彭剛，我就介紹她去了彭剛的家，至於後來她跟彭剛有沒有來往我是一概不知了。

我和嚴力彼此是太了解不過了，我們那時誰交過什麼女孩兒相互都知道。我曾問過嚴力初次見到李爽時的感覺，他一臉不屑地說，這不就是個鄉下妞嘛！沒想到隔了些日子我在大街上遇到他們，兩個人正挽著胳膊親密地走著呢！

還有一事就是我們一同去秋遊香山。那天有嚴力和李爽，還有杜琳和杜鵬姊弟倆人，另外一個長得白胖的畫畫的小夥子我忘記了他的名字。這杜琳是個跳舞的女孩兒，我是通過陸煥興和申麗玲倆口子在他們家跳舞認識的。陸煥興是初創《今天》文學雜誌的編委之一，我後面會再說起。這之後杜琳便時常去造紙廠找我，因她家在三里屯一帶離我們廠不遠。她總是騎著一輛小巧的鳳頭牌自行車，這種外國牌子的自行車在當時不是一般家庭能有的，家裡都有一些海外關係。再加上她的穿戴也和大多數的女孩兒不一樣，所以每當她到廠裡來找我都會引起眾工友詫異的目光。而我那時經常穿著一身勞動布的工作服，我和她一起騎車到外面轉悠免不了會招來各種眼神。

接著說我們一同去香山的事吧，我們是乘著長途公交車去的。在香山我們玩得挺開心，可在回來乘車的路上就出事了。我一上車就見杜鵬已跟一夥兒年輕人打起來了，那夥兒人全是男的有五六個。我也沒法兒問為什麼只能動手就打，真是一場混戰！更有絕的是那個開車的司機，他就當車上沒發生啥事似的，只顧一路狂開他的車。車邊走邊晃，我們是邊晃邊打，打了有一站地。突然對方有個和我差不多年齡的小夥子衝我喊道，別打啦！別打了！哥們兒，我認得你！大家都住了手，我看著那傢伙也覺得面熟。他說他們是住在西單和西四那一帶的，曾在二十歲左右的時候跟我打過交道。就這麼的架是不打了，雖說雙方都受了點傷，但算是朋友了，也不再計較。人家還要請我們去吃一頓，被我們謝絕了。

在這場戰鬥中，杜鵬算是最慘，他在車廂中間，被圍著打。我是從前門上去的，背後沒對方的人，可以放心地打。那個白胖的男孩不會打架，他手裡當時拎著個畫箱子，但知道往人身上砸！最讓我們想不到的是嚴力，他是最後一個從後門上的車，占據很好的位置，可他卻目睹著整個打架的過程，就是不動手！事後我們問他怎麼不上手啊？你猜他怎麼回答？他說有你們動手就夠了。我們大家頓時啞口無言。

十三

我和杜琳的交往也就持續了半年，但在一九七八年我油印出第一本詩集《心事》的時候，我卻在扉頁上寫著獻給她。為此我記得北島還曾說過你這本詩集就不應該獻給杜琳，你寫的詩都跟她沒任何關係。我想也是，但我沒人可獻啊。他北島的第一本詩集《陌生的海灘》上寫著獻給愛人。可我又愛誰呢？

在我和杜琳不再見面之後，我也斷了和陸煥興倆口子的來往。他們認為我和杜琳在一起不合適，說什麼人家有海外的親戚，家裡已給她找好了對象，很快就要到國外去，總之一直在阻攔。我心說這關你們什麼事呀，差點兒動起手來！當然我也是有些心煩了，就不再去見杜琳。聽說她沒多久還真的出了國，去了哪兒我也不知道，也沒必要去關心了。

直到一九七八年下半年我才又和陸煥興倆口子恢復了來往，原因是我和北島在創辦

《今天》文學雜誌時，北島把陸煥興拉進了最初的編委，而且我們第一期《今天》就是在他們租住的農民房裡祕密印刷的，這是一段我要在後面講述的往事，在此暫且不多說。

當一九七六年的腳步再走就快到盡頭的時候，趙振開帶著我說要見一位他認識的老詩人，也是大詩人艾青。這個名字可是如雷灌耳，曾被多多評價為中國白話詩第一人。我跟著他到了東城區的史家胡同，艾青一家人這一年才從新疆回到北京，他們的第一個住所就在這條胡同裡。我們走到一座四合院的門口，正巧從那院裡走出一個毛頭小夥子，振開便介紹給我說，他是艾青的小兒子，名叫艾丹丹，也寫詩。艾丹那年還在上中學，不愛多說話，他只告訴我們他爸沒在家，好像出門開會去了。我和振開就沒再往院子裡走。

這是我同艾丹的頭一次見面，因他還小我們那幾年沒有交往。直到八〇年代他已成為名氣較大的作家時我們開始見面頻繁，成為了好朋友。有那麼幾年我們甚至到了幾乎每天在一起吃飯喝酒，無怪乎他哥哥艾未未有一次對我們說，你們這幾張臉每天都互相看著煩不煩？也就是怪了，我們倒都沒覺得。我和艾丹的友情一直持續到現在，都多少年了，我們短不了還會約在一起歡聚飲酒。

我見到艾丹的爸爸艾青是在一九七九年初，當時我們創辦的《今天》文學雜誌正印出第一期創刊號。我和北島帶著一些刊物到了新僑飯店，位於崇文門內，在那裡中國的長輩詩人們正在開著一個詩人的代表大會。我們沒受到阻攔便進了會場，我們把《今天》雜誌分發給了在場的一些詩人。如果我沒記錯的話，我在會場上遇到的唯一年輕人是唐曉渡，他那時好像剛到《詩刊》當編輯，這也是我和唐曉渡的初次見面。當然到了八〇年代我們就接觸多了，尤其是我們同住在朝陽勁松小區的時候，我和他還有楊煉等曾創辦過「倖存者詩人俱樂部」。唐曉渡後來成為了著名的詩評家，他寫過不少關於我的詩評和我這個人的文章。更有意思的是在此後多年的歲月裡，我們一同去過很多地方去參加詩歌活動，可以說他是和我一起走過道路最多的人。

在新僑飯店我還看到了不少名聲很大的老詩人，有什麼臧克家、田間、邵燕祥和蔡其矯等，這些人除了蔡其矯我一概在以後的歲月裡沒打過交道。蔡老是在《今天》雜誌上唯一發表過詩的老詩人，他還把舒婷介紹給北島認識，也和舒婷都是福建人，他們倆人的詩都刊登在《今天》的創刊號上。

那天在新僑飯店開會的老詩人們輪流發言，他們說了什麼我是一句也沒聽進去。留有印象的好像就是那個叫臧克家的老詩人朗誦，他朗誦了一首他寫的古典詩詞，那聲調那叫一個怪呀，一點兒都不誇張，因為我聽了起一身雞皮疙瘩。

在會場休息時，北島引薦我見大詩人艾青。他老人家對我說的話讓我記憶深刻，但當時也沒琢磨明白。他說，寫詩是在走獨木橋，詩人之間的溝通也和走獨木橋一樣，我們之間只是一座獨木橋。就這幾個獨木橋把我給聽糊塗了，我只能望著他說不出話。其實仔細想想他說的話很有道理，的確，寫詩只是自己的事，是自己在走的一條路。寫詩也是一件危險的事，隨時都有可能掉下去，栽進深淵。詩人的內心只是詩人的內心，詩人是孤獨的，人與人難以溝通。如今艾青他老人家已經不在世了，但他的詩和他的名字我們不會忘記。

一九七七年似乎過得比哪一年都要快，因為沒有留下比較多和深的記憶，也沒有留下什麼作品。

當一九七八年急匆匆地蒞臨人間，尤其是趙振開帶著他的詩集找過我之後，這又激起了我寫詩的欲望。在他的勸說下，我同意也油印一本自己的詩集。可我以前寫的詩我手裡早沒有了，哪兒找去？這也許就是天意，過了些日子振開又來找我，他說他在一個朋友家裡看到不少我過去寫的詩，全是那位朋友手抄的。那人是誰呢？振開告訴我那人叫趙一凡。

十四

趙一凡住在東城區拐棒胡同，他家的北面是朝陽門內大街，人民文學出版社就在這條街上，離他家不遠。

振開和我約好了去拜訪趙一凡，那天下午我們走進了他家的院子，進了一凡住的低矮的房間。屋內光線昏暗，如果不開燈看不見人臉。一開燈把我嚇了一跳，除了滿屋子堆放著書籍和報刊之外，就是趙一凡那顆碩大的腦袋！他好像沒有身子，尤其是在光線暗淡的屋子裡，而他又坐在被桌子擋住的一張床上。我就沒見過有誰有他那麼大的前額，光亮的大腦門給人感覺滿是知識和智慧。果不其然聽振開介紹說，趙一凡一直在參與編選大辭海，這大辭海最後的校正全靠他完成。

這趙一凡從小雙腿殘疾，他早年還能拄著雙拐到外面走走，去誰家轉轉，但歲數稍大一些，或許也是因為他常年總在閱讀各類書籍和不活動的緣故，在我見到他的時候他已基本走不動了。而他索性也不動了，只坐在屋裡那張床上，只往死裡看書，他讀書越多就越顯腦袋大，他越不動就再也走不動了。聽他家的保母說，趙一凡每天晚上都不睡覺，沒見他在床上躺下過。也許他是覺得他躺下便起不來了？也許是他就沒有睡意？他就這麼在床上坐著，睏了累了兩隻眼睛閉上一會兒算是睡了。他的眼睛深陷在眼窩裡，但目光炯炯有神。他在同你說話時雙眼盯著你，好像與你的臉分秒不離。他真是快活成神仙的一個人了，難怪周恩來總理在趙一凡小的時候就誇過他是個神童，這可是真事。他的父親曾經是中國文字改革委員會的主任，他們父子那時沒少見過周總理。

這次拜訪趙一凡，對我而言是太有收穫了。他也不知是從誰手裡看到的我許多早期詩作，並且還都抄寫下來。這些詩全都是我一九七二至一九七四年寫的，有幾首詩如〈城市〉、〈天空〉、〈秋天〉、〈路上的月亮〉和〈十月的獻詩〉等都是我那幾年比較重要的作品。這真是太幸運了，失而復得了這些詩我就有信心去油印出我的第一本詩集啦。

為了湊足這本詩集詩的數量，我在一九七八年又開始寫了些詩，主要完成的作品便是〈心事〉。這期間又陸續從別的朋友手裡找回幾首，如〈荒野〉那首我記得就是趙振先保存的。大概到了下半年，我和振開都覺得印一本薄一些的詩集也差不多了，我們便開始籌畫刻蠟紙找紙張和印刷的事了。

1978 年《心事》油印版本一，黃銳設計封面。

刻蠟紙我找的是高潔，他一直在練書法，字寫得漂亮。我到西四北五條他住的那個北影宿舍的院子裡把詩稿交給了他，高潔滿口答應並在十天之內按時把刻好的蠟紙交給了我。那些詩稿我想是留在高潔手裡了，因為當時我只顧著拿蠟紙，要不要詩稿都無所謂了。從那以後，我想我在詩集印刷出來之後與高潔只見過為數不多的幾次面，因到了九月分我和振開還有黃銳便開始忙著辦《今天》雜誌了，所以我就沒再找過他。這一不見面就多年不見，這多年不見就再也見不到了。人生有時說短就短，誰能想到高潔他人已經沒啦！當多多告訴我這個消息時，我心裡始終還不願意相信，想著沒準兒哪天我還會遇見他。想著我們年輕的時候他常常請我去西四北大街的延吉冷麵館去吃朝鮮冷麵。想著他從火爐子裡掏出火紅的煤球點菸時那種神態自若的樣子。想著他確實已經不在這個世上活著了，我不禁感慨萬千。

油印詩集重要的還有解決紙張問題。在當年只有文具店裡有一種劣質的紙張出售，如果購買數量大些便要求出示單位的介紹信。我曾聽說也不知是誰說的或誰在文章裡寫過，我們印刷《今天》雜誌的紙張是我們從造紙廠弄出來的，這純屬胡說。北京造紙一廠根本就不生產這種劣質的紙，我們印刷《今天》雜誌的紙全部來自文具店，全是我們想辦法買出來的。

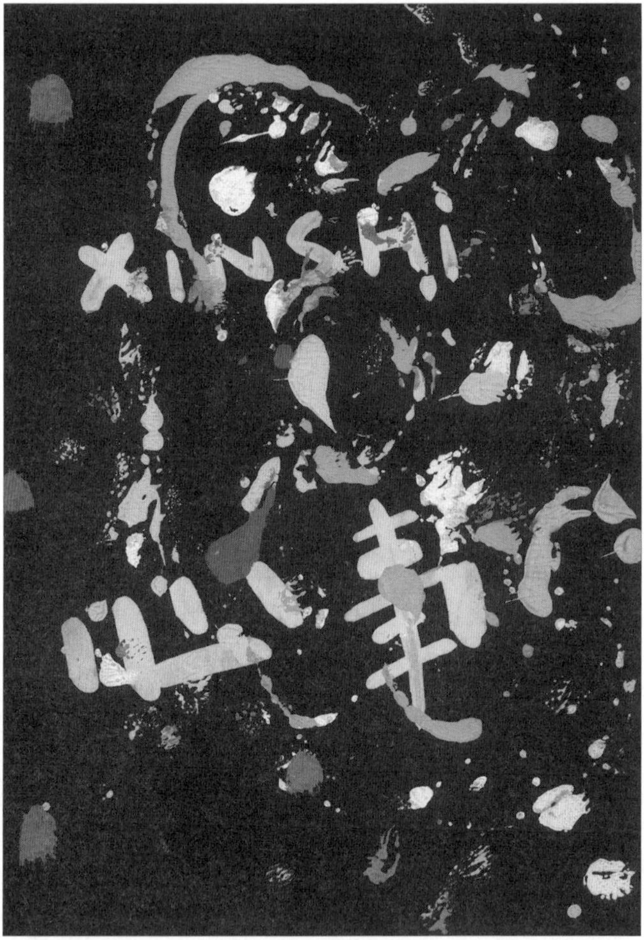

1978 年《心事》油印版本二，黃銳設計封面。

但我的第一本詩集《心事》用的紙確是造紙廠的，因用量不大，只油印出了一百八十本，可紙是很好的一種紙。從廠裡弄出這些紙的是一位叫小劉的年輕工人，他們車間正好生產這種紙。小劉聽說我寫詩，在廠裡跟我關係也比較好，我對他說過我想印本詩集需要紙，他一拍胸脯說這事包在他身上了。沒過幾日小劉果真背著一大包紙找到我說，你看這些紙夠不夠，不夠我再給你弄些。我一看這些紙足夠印詩集用的了，便很是感謝他。這個小劉自從我們辦《今天》雜誌後，我就再也沒見過他，他的全名叫啥我也一直沒記著。

有了紙張又有了已刻好的蠟紙，接下來便是印刷啦。參與我這本詩集印刷的只有三個人，就是趙振開、黃鋭和我。振開我就不必多說了。關於黃鋭我先簡單地說一下，他和我同是北京三中的校友，只是比我低一年級。他那時畫油畫，家住在離學校不遠的一個獨門小院裡。他設計了我第一本詩集的封面，全是一本本手工畫出來的。他也是《今天》雜誌封面的設計者，是初創《今天》的編委之一和美術設計。當然許多人都知道，在一九七九年初舉辦的星星畫展，黃鋭也是重要的發起人之一。

我的這本油印詩集名為《心事》，取自詩集裡面同名的一首詩。我記得印刷地點是在黃鋭家的獨門獨院兒，油印機也是黃鋭找來的。這本詩集印出來之後，我送給了一些

80 年代芒克和黃銳。

朋友。由於我們三個人一起合作油印出我的這本詩集，趙振開、黃銳和我便相互更加信任，也正是因為我們之間有了這種彼此信賴的友誼，我們才會在不久的一天商量著共同創辦一本文學雜誌。

那是在一九七八年的九月分，我們三人又聚在黃銳家的小院兒裡。我們聊著聊著就聊到是時候了我們應該辦一本文學雜誌這件事上。這個想法首先是振開提出的，他覺得我們寫詩寫作不能總隱藏在地下，我們要公開發表我們這一代人的作品，那就需要我們辦一本自己的文學刊物。辦是不辦？毫不猶豫三個人一致同意並決定去辦。定下來這事之後我們便商量先要組建編輯部，還需再找幾個可靠的朋友入夥兒。找人的事就交給趙振開了。那天我們三個人都異常興奮，晚飯就在黃鋭家的院子裡，還沒開始辦呢就先慶賀起來開吃開喝了！

十五

一九七八年的下半年，尤其到了九月分之後，北京城每天聚集人最多也是最熱鬧的地方就是長安街西單路口的東北角了。那裡原先有一道長長的灰色磚牆，有一人多高，大牆的後面是一處北京公共汽車的大停車場。這道磚牆從西單路口一直延伸到電報大樓，從這一頭走到那一頭也需要用些時間。

在文化大革命中被冤枉迫害致死的人太多，什麼冤假錯案更比比皆是。從全國各地來北京上訪伸冤和要求平反的人不約而同地每天都聚集在西單的這道牆下，他們用大小字報寫下各種被迫害的事件、經歷和訴求，又用五花八門的紙張和字跡貼滿了這道牆上。人們都認為文化大革命已經結束了，連中央政府都這麼宣布，那些有冤的人都趁著這時機來到北京，畢竟北京是中國各個最高權力機關的所在地。

北京的市民和很多的年輕人也到這裡湊熱鬧，他們除了看看大字報和小字報什麼的，也常能在這裡聽到一些情緒激動的人面對著人群在激昂地演講。這道西單牆是越來越喧鬧了，已自發形成了一處公眾聚會和宣洩的場所。再後來這西單牆乾脆就被大家稱為「民主牆」啦！

有傳聞說「民主牆」這稱號還是出自鄧小平的嘴，他那時正在重返中共最高權力的路上，有一次外國記者採訪他提到西單牆的情況，他老人家張口就這麼說了。不管這是真是假吧，反正「民主牆」這名字算是叫開了。

進入十月分的時候，趙振開已把籌辦文學雜誌最初的編委人員找齊了，他告知我這些人要在一起碰個面開個會，一是相互之間有不熟悉的，二是商討一下辦刊的宗旨和給刊物起名。

第一次全體編委碰面會是在張鵬志家。說實話我至今都不太了解這個人，不知道他是做什麼的。他初次給我的印象肯定是個書沒少讀的知識分子，戴著眼鏡，歲數只會比我大。另一個與張鵬志同樣我不太了解的人叫孫俊世，他外表倒不怎像知識分子，但似乎學問很深，說話談吐言辭犀利。另外三個編委是黃銳，劉羽和陸煥興。當天在場的好像還有陳佳明，他跟振開和我都是朋友，但正式組成編委會沒有他。

張鵬志的家在鼓樓和鐘樓西側的那條小街上，我們是晚上在他家裡開會商量辦刊物的事，所以走到那條小街上透過夜色可看見鐘鼓樓巨大和模糊的身影，這兩座高大的古老建築沉默地凝視著我們，使人能夠感覺到歷史的蒼涼。那天也沒有月亮，小街兩旁都是低矮破舊的院落，聽不到什麼人的動靜，更沒有任何動物的聲響。那時養狗什麼的是絕對禁止的。我們腳步輕輕地走進張鵬志家那個小雜院裡，院內住了幾戶人家不清楚。我們這幾個人坐在他住的那間不大的房間裡開始嚴肅地商討起辦文學刊物的事，大家都盡量壓低聲音。

沒人反對，都願意參與此事，編輯部就算成立了。一共七個編委，沒有主編和副主編，只是每個人各有分工。最後便是要給這本文學雜誌起個名字，趙振開提議每個人說出一個自己喜歡的刊名，如誰的能得到大多數人的同意，這本雜誌的名字就是它了。我想不起每個人都給刊物起了什麼名，有點兒印象的好像振開說出個「百花山」，這是他一首詩的名字，大家沉默。而我的腦海裡當時忽然閃現出「今天」二字，我認為也唯有「今天」能夠說明我們所辦的刊物和作品的當代性，以及我們作品的新鮮和永不過時。當我說出來之後，大家沒人不贊同，《今天》文學雜誌的名字便由此而誕生啦！

接下來我們就商量每個人要做的具體事情，計畫必須在年底前讓第一期《今天》問世。我們需要準備做的事情很多，如徵集作品稿件，因我們要辦的是綜合性文學雜誌，內容包括詩、小說、文學評論、外國文藝理論翻譯和插圖等。詩歌問題不大，我們的手頭現有不少。小說缺少，需要找人去寫。還有文學評論和翻譯，都需要人去寫。插圖還好說，我們周邊畫畫的人很多。另外再有更不好辦的事情就是，我們需要找到油印機，那時的個人是不能擁有這種東西的，油印機只有一些機關單位裡有。還有紙張和油墨，這些大家可以分頭去文具店買。至於刻蠟紙什麼的這都不算事，人手都不缺。一句話，我們每個人都要盡力，各顯其能吧！但願我們能順利的讓第一期《今天》破土而出，為此我們每個人都必須保密！誰也不要事先聲張出去。

離開張鵬志家那個小院子，夜色漆黑。只有鐘鼓那兩座像巨人似的古老建築在望著我們遠去的背影。寂靜，一切都那麼寂靜，如此寂靜的北京城卻不知我們已熱血沸騰。

那天夜裡，我是和振開一路而行，現在回想起來，這一路真的是改變了我們倆人的命運。因為我們要面對新的開始，所以相互給對方起了筆名。我稱他為北島，是因他生長在北京，在他的詩集《陌生的海灘》裡寫的有關島嶼的詩令我印象深刻，再有也象徵著他獨立的品格。他給我取名芒克，是因為他們都叫我的外號猴子，這近似英文的譯音。我們倆個人都重新命了名，也從此就這麼叫了下去，一直被人叫了將近四十年。不得不承認，我們的這兩個名字確實給我們帶來了另一種不同的命運。

十六

在《今天》文學雜誌問世之前，這期間我認識和結交了最重要的一個人物與朋友就是馬德升了。老馬是個畫家，那時主攻木刻版畫。我們都習慣叫他老馬，其實他比我還小兩歲，生於一九五二年，屬龍。

老馬也是從小殘疾，在一九七八年時他還能拄著雙拐健步如飛。當然在八〇年代他也依然能滿北京城走走，甚至還能與我們到郊外爬山遊玩，但在陡峭的山路我可沒少背過他。他還能拄著雙拐蹦迪士科，人在拐上飛舞，那真叫一絕！可後來他在美國開車出了車禍，想不到他還能開車，是開那種完全用手操作的汽車。這下老馬可慘了，腰椎被撞斷，整個人全身癱瘓！當我聽到這個消息，我被驚呆了，只能心裡默默祝福他能夠康復，可千萬別死啦！

老馬命大，他雖然下半身徹底癱瘓了但人還活著。他回到了巴黎定居在那裡。老馬出國時去的就是巴黎，他到美國是去看望朋友。看來美國真是他的傷心之地和不祥之地，我想老馬這輩子也不再會到那個國家去了。

自從老馬出車禍之後，我們之間無法聯繫，說心裡話，直到他有所康復，我都不敢給他打個電話，我說什麼？這是能用話安慰的嗎？說什麼都是廢話，都會顯得虛假。我想想還是什麼都別說了吧，讓他靜靜地休養，等何時再見面時再說吧。

一晃多少年過去了，再一晃就到了二〇一五年。正好我接到邀請去巴黎參加國際詩歌節，藉此機會我一定要跟老馬見面！我和他都已是六十多歲的人了，我滿頭白髮不覺得新鮮，因為我年少時就有白髮，曾染黑過一些年，到了四十歲就不染了，所以朋友們見我白髮都習慣了。這次見面看到老馬也已是滿頭灰白色的長髮在風中飄，深感歲月真是不饒人啊！

老馬的精神狀態很好，脾氣性格一點兒沒變也變不了啦。他還是像以前一樣慷慨，以前他能賣些畫總請我吃喝，我們這次相見他照樣請客。我是帶老婆和小女兒去看望他的，小女兒剛三週歲，老馬一見出手就給女兒一個大紅包，內裝一千歐元，這是我之後知道的。

老馬先帶我們去了他的畫室，裡面堆滿了他的大大小小的畫作。他現在主要畫油畫，

左起芒克、嚴力、馬德升。

有的畫是巨幅的。我跟他從來說話直接，我看他坐著輪椅，雙手也不是那麼好使喚了，我就問他，你還能畫啊？作怎麼畫的？這麼大的畫你夠得著嗎？

你不是雇人幫你畫的吧？老馬回答道，瞧你說的，都是我自己畫的，我可以被吊起來畫啊！哈哈老馬比畫著，他還那樣兒。

有個女護士一直在推著他的輪椅，老馬告訴我他現在養著七個人！我說你就靠畫畫賣畫？那你的畫賣得夠好啊！他說時好時壞，好的時候政府就提高他的畫室租金，不好的時候就往下降，這些照顧他的人政府也給補貼，不全靠他。他說他在巴黎還能活著，換句話說他若是回到北京就必死無疑。也是，他在北京的家裡一個親人都沒有了，他回來幹嘛？他說他這輩子算是回不去北京了。

老馬平時不喝酒，這次見我高興就喝上了。他帶我們去了一家他常去的法式餐館，那兒的老闆和顧客都跟他熟。我們喝完一瓶紅酒，老馬還要喝。我說我沒事，你可悠著點兒。第二瓶紅酒我們也喝掉了，老馬居然沒半點兒醉意興致還很高。我們聊起許多往事和從前的朋友，在分手時還挺戀戀不捨。老馬希望我們下次還能再見面，再在一起飲酒。他目送我們上了出租車，我回頭望了一眼他坐在輪椅上，瞬間覺得他這一生實屬不易，生命力真是太頑強啦！

我怎麼都講到現在的事了，還是再回到過去吧。一九七八年在我們要出《今天》第一期創刊號時，我們看中了馬德升的版畫，我們選了兩幅作為插頁，一幅名為〈捲菸的清潔工〉，另一幅名叫〈我們出生在哪兒〉。這兩幅作品都登在《今天》第一期上，看過的人都能留下很深的記憶。

更有意思的事是，馬德升也寫小說，他寫了一個短篇叫〈瘦弱的人〉。北島和我看了都覺得不錯，決定選用。但北島這人有個毛病，他對文字太挑剔，總愛幫人家修改。

《今天》第一期版畫插圖〈捲菸的清潔工〉，作者：馬德升。

我跟他說過咱們要是這麼幹非累死不可，是什麼樣兒就什麼樣兒唄。但他倔的真是一根筋，他竟非讓我把老馬〈瘦弱的人〉改一改。我心說這小說中的故事只有老馬深有體會，我沒有那種感覺改也改不出那種味兒呀！不行，他非讓我修改，因為他忙著正在修改別人的作品。我只好答應，其實只是在文字上動了動。北島看了還是不滿意。你說他這人也太認真了，我們事情那麼多，他還是抽空改寫了〈瘦弱的人〉。我估計他是熬夜幹的，真是玩兒了命。不想改完發表後，老馬看後氣得大罵！人家老馬不滿意呀，這根本就不像是他寫的啦。這就叫費力不討好！人家的作品我們最好不要改，可以提建議，讓人家自己修改。我反正是接受教訓了不再去修改別人的東西了，不知北島是不是也接受了這次教訓？大家還是自個兒寫自個兒的吧！

十七

當北方來的冷空氣把我們趕進十二月初，北京城已正式進入了冬季。各位《今天》的編委忙活了一個多月，總算備齊了第一期的稿子。因這是創刊號，所以我們在選擇作品上比較慎重。

在詩歌方面我們只選了四個人的詩作，有北島的〈回答〉和另外三首詩。有我一九七三年寫的〈天空〉，外加兩首，都是早年寫的。老詩人蔡其矯的詩是〈風景畫〉，也外加兩首。因為這一期上所有作者用的都是筆名，北島便給蔡老起了個喬加的名字。舒婷的〈致橡樹〉和另外一首詩也發表在創刊號上。那時我們誰都跟她沒見過面，通過蔡其矯的引薦，她跟北島有了書信來往。舒婷第一次讓我們見到她的真容是在一九七九年，幾月分我忘了，她是來參加下屬中國作家協會的刊物《詩刊》舉辦的「青春詩會」。我們全體《今天》的成員還陪著她到北京房山的風景區雲水洞去郊遊。另外還有一個人寫的寓言〈動物篇〉，很多人都不知作者是誰，他就是挺著名的畫家黃永玉。這老頭子現在都九十多歲了，依舊身體硬朗，還在畫畫。他的大宅子在通州宋莊的地面上，我前年還在一次文化活動中見過他，想不到他還認識我，那種親熱勁兒我想他一定也沒有忘記《今天》。

在小說方面，北島用他另外一個筆名石默發表了短篇〈在廢墟上〉，這篇小說我印象不深。記憶深的是他寫的那篇比較長的小說〈波動〉，因裡面有個叫白樺的人物與我在一九七〇到內蒙古流浪時遇到的一個專吃火車線的大盜同名，所以我一口氣兒讀完了。但〈波動〉字數太多，我們就沒刊登在《今天》上。後來我們以單行本的方式印出來了。再有，我們還選了李楓林的小說〈抉擇〉，李楓林這個人到底是誰？我不知道也不認識。也許北島知道？因小說都是他挑選的。馬德升的小說〈瘦弱的人〉我在前面講過了，他當時用的筆名叫迪星。

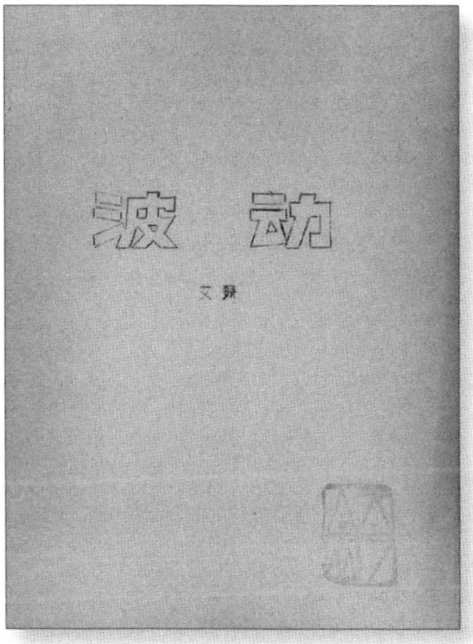

北島《波動》油印版。

我記得北島逼著黃銳去寫，黃銳寫了篇隨筆叫〈大自然的歌聲〉。他用的是夏樸的筆名，我們當時還和他開玩笑叫他瞎撲。有一篇評論〈醒來吧，弟弟〉是林大中寫的，他換了個名只是去掉了一個大字叫林中。這林大中和北島同住在三不老胡同那個大院兒裡，他們是好朋友，此人到了八〇年代就再也沒見過。

在翻譯外國文學作品方面，孫俊世用方芳的筆名翻譯了英國作家厄姆・格林的短篇小說〈純真〉，這也是他在《今天》上發表的唯一翻譯作品，至於為什麼我後面會說。我在前面提到過的北島在北京四中的高中同學史康城翻譯了德國人亨利希・標爾的〈談廢墟文學〉，他是從德文直接翻譯過來的，史康城德語很好。在《今天》第一期目錄上你還能看有一個叫鍾長鳴的人翻譯了西班牙詩人衛尚・亞歷山大的詩，還有一個叫吳歌川的寫了篇對這個西班牙詩人的介紹，這兩位作者我們都不太熟悉，我們是從香港的文學刊物上轉載的。

《今天》文學雜誌的發刊詞〈致讀者〉，是北島在我們準備印刷的時候寫好的，這些文字完全出自他一個人的手。一切都準備就緒了，我們就欠東風啦。北京的十二月颳來的是西北風，等著東風吹來可就難了。我們難的是在哪裡印刷？只能我們自己油印是肯定的，並且我們還要祕密進行。因為那年月中國的政局是怎麼回事誰也摸不準，萬一我們的刊物還沒見世面呢就被抄了夭折了，那我們所有的努力都白費了，前功盡棄。所以一定要找一個安全的地點。其他都還好說，如油印機和紙張等，大家可以想辦法分頭去弄。這印刷還在哪裡呢？正在我和北島為此事為難之時，陸煥興自告奮勇說可以在他家裡印刷。這真是太好了！重要的是他家的位置太好了！他住的那地方對於我們去祕密印刷太理想不過了。

陸煥興的家之前我曾去過多次，他和申麗玲結了婚沒有房住，便租了一處農民房在一起過日子。那處農民的院子現如今來看可是座落在相當昂貴的地段了，準確的地點說不好，大概就在昆侖飯店和周邊的大使館區那一帶。可在一九七八年的時候，我們要走著經過新源里的一個小區，過去之後就全是大片的菜地了。在菜地的盡頭有幾處農民的小院子，陸煥興夫妻倆就租住在一家的小院兒裡，院子不大，他們住的那間房就更小了，擠進幾個人去就誰也不要再動了，你起身一動所有的人都跟著要動，所以進到屋裡的每個人選好屁股的落點就最好不要再挪動了。

印刷的地方有了，油印機和紙張也已搞定，下一步就是誰能來參與印刷和哪天開始幹起來。原則上為了防止走漏風聲只允許編委知道此事並由我們自己油印，但第一期《今天》雜誌選用了馬德升的兩幅木刻版畫，我們都油印不好，便只好請老馬親自上陣來印了。

記不清那一天是哪一天了，大約在十二月十幾號，我們按約定好的時間都往陸煥興家聚集。當我走在那片菜地準備潛入那家農民小院時，滿天忽然飄起了雪花，那雪花在歡快地飛舞，我心裡也不由地暗自覺得這真是好的徵兆啊！

十八

由於陸煥興倆口子住的那間屋子沒多大，不能同時容下多人在一起幹活，我們就事先商量好大家輪流來油印《今天》第一期。我現在想不起七個編委有誰沒來過此地，畢竟已經是三十八年前的事了。但我和黃銳、北島、還有陸煥興四個人幾乎就沒離開過這個屋，沒走出過這座農民的小院子。我們各有分工，不分晝夜地油印，大聲不敢出，就如同真正的地下工作者。餓了，陸煥興的老婆申麗玲就給我們煮麵條，反正也沒別的，就是麵條，算是最好的了。這個傳統一直持續在以後我們每次油印每一期《今天》的日子裡，直到一九八〇年我們被迫散夥兒為止。

可別小瞧油印這活兒，如沒經驗掌握不好，一張蠟紙印不出多少頁便破損了，這就需要再重新刻蠟紙，而刻好一張布滿密密麻麻文字的蠟紙需要多少時間？且又費力又耽誤工夫，實在是麻煩的事。更讓我們印刷不了的是馬德升的那兩幅版畫插圖，之前我說過，我們都沒印過，印不好，只能去請老馬了！

老馬來的那天我記憶很深，是我難得能跑出這個小院子去接他。雪後的十二月寒冷不說，地上滑得連雙腿好使的人都保不準會摔一跤。尤其是穿過那大片菜地的那條小路，白茫茫又坑坑窪窪的是溝是坎也分不清。這條小路上很少能見到人，老馬是個急性子，走路也快，雖拄著雙拐，照樣快步如飛！他那時穿著永不變樣兒的軍綠色上衣，也許是為了行走方便，大冬天的也沒見他穿過大棉襖。他頭髮黑亮，一頂單的綠色的軍帽總是戴在頭上。可他穿的褲子卻是黑色的，想不起他穿過別的顏色，腳下是一雙輕便的綠軍鞋。

我接到他就一直叮囑他路滑，小心點兒慢著點兒走。他似乎也不聽，直到他果然狠狠地摔倒在雪地上，摔得找不到拐，那雙拐被甩得老遠，他才覺出這條小路確實不太好走，但他仍舊顯得無所謂，他也不讓我扶，只是讓我趕緊去找他的拐。

總算是走到了那座農民的小院兒進了陸煥興家的屋，大家都站起來對馬德升表示歡迎。而老馬坐下來就開始幹活，他印木刻已經很有經驗和熟練了，印得又清楚又好，而且還快，我們是讚口不絕。早就聽說老馬在他的單位，不知是不是一家工廠？就是一位勞動模範，他們單位有個口號叫：遠學王進喜，近學馬德升！王進喜是大慶油田的石油工人，那會兒被宣傳的是紅遍全國的勞動模範。可見老馬的幹活能力了！

老馬是一大早來的，一屁股坐下來印他的木刻就沒停過。中午吃了碗麵條又接著幹，直到天快黑了，大家擔心天黑了路更不好走，就都勸他回家吧。整整一天老馬印出的木刻插圖也有三四百張了，他自己也覺得差不多夠用了就起身告辭。當時的老馬與在座的大都還不很熟悉，所以他話不多，以後他可就不這樣了，那叫一個變化大！這都是後話。

又是我送老馬走那片冰天雪地的菜地，他這人自尊心極強，讓我不要遠送了儘管放心吧！我一直望著他單薄的身影漸漸消失在灰白相間的黃昏裡，心裡還念叨著，老馬，你可別再摔得找不著拐……

已經記不住我們在那間小屋子裡昏天暗地油印了幾天，起碼三四天是有的，我們印出了不少於三百本的《今天》第一期。全仗著年輕，那時我剛二十八歲，別的人也差不多，我們總算熬下來見到了成果，可由於太疲憊了已不見大家有興奮勁兒。那天是十二月二十二日晚上。

下一步我們商量就是儘快把這些刊物發出去和張貼在一些地方，等到明天天一亮就去辦。因為考慮到萬一走漏了風聲出點兒啥事，那我們的心血可就白費了，大家想法一致。接下便是由誰去張貼了。我和北島是肯定要去的，別人不去我倆也必須要去。一是

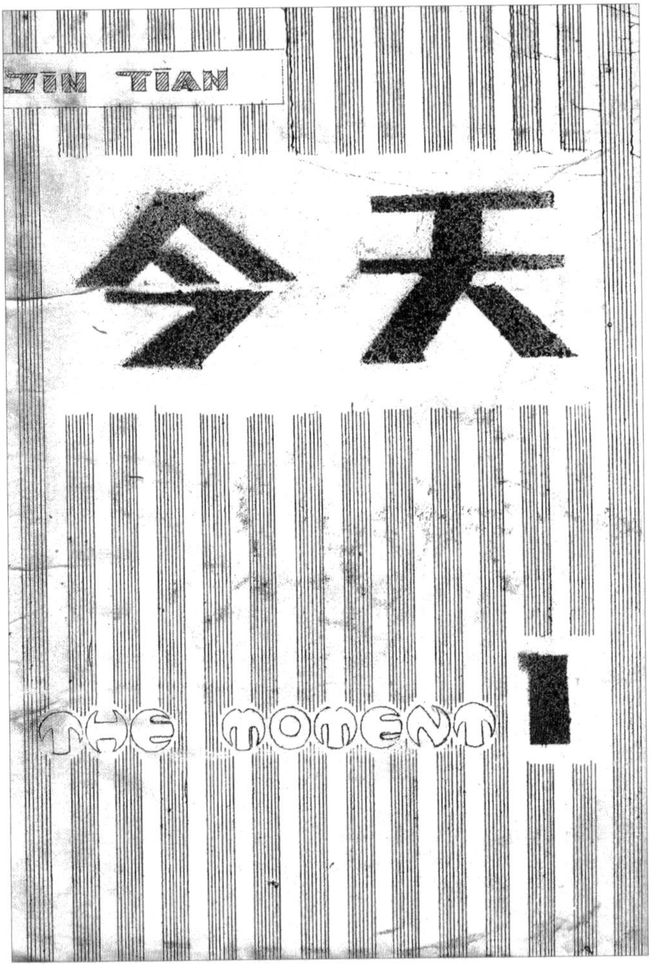

1978年12月23日油印版《今天》第一期。

我們也不怕什麼，既然敢做就敢擔當。二是我們倆人也都沒什麼後顧之憂，沒兒沒女的，這都說遠了，我們還都沒有一個戀戀不捨的女朋友。那天在陸煥興家的編委還有誰在場我忘了，最後，又是老陸自告奮勇，他說他去算他一個。我和北島還勸他算了吧，他畢竟結婚了有老婆，讓他最好不去。

我現在講這些或許有許多人不解，可在當時一九七八年十二月分，在那種政治環境下，誰敢保證去張貼我們這種刊物不會被警察抓？沒準這一去就回不來了！忽然想起前不久在《今天》文學雜誌創刊三十八週年紀念日時陸煥興實話實說，我們當年真有一種「風蕭蕭兮易水寒，壯士一去不復還」的感覺。

最終我們決定還是由北島、老陸和我去張貼，三個人合作會更好些。時間就定在明天一早，十二月二十三日。這個日子算是深深地刻進我的腦海裡了，這一天就是即將問世的《今天》文學雜誌的創刊日。

十九

我和北島、陸煥與三個人在清晨各騎一輛自行車離開那個寂靜的農民小院兒。我們騎的車上分別掛著一桶糨糊，這是昨晚用麵粉熬出來的，兩把用來刷糨糊的刷子，一把笤帚，好用來掃平貼上的紙張，還有就是十幾份沒有裝訂的《今天》雜誌創刊號。我們出發時和幾個送行的朋友道別那會兒確實顯得有點兒悲壯，我已記不清在場的都有誰啦，但還記得我們跨過一個小河溝，之後便揮手告別了。

我們選擇張貼刊物的頭一個地點肯定是西單，因為那裡有一道「民主牆」，每一天這裡都會聚集大量的人。從老陸家到西單距離可不近，我們騎自行車騎到九點多鐘才到了西單牆下。我們三個人分工，一個人往牆上刷糨糊，一個人貼《今天》雜誌的每一頁，另外一個人拿笤帚很快掃平貼牢了。我們的動作很快，不一會兒就把《今天》全貼在了西單牆上，長長的一條，有十幾米，很是顯眼。圍觀的人越聚越多，我們三個人用力才擠出人群，因為還要去別的地方去張貼。順便說一句，我們貼在西單牆上的這份《今天》第一期保存了有相當長的一段日子，沒被撕下也沒被毀壞，這真是我們沒有想到的。

離開西單牆，我們三個人沿著長安街往東騎，經過天安門，本想在這裡找個地方貼一份，但見巨大的廣場空空蕩蕩，兩側也人跡稀疏，貼了也沒人看，我們便打消了這個念頭。再往東就到了王府井，這王府井大街裡的人可不少，北京最繁華和有名的商業街嘛，但我們很難找到一塊能張貼的地方，總不能往人家商店的玻璃門窗上貼吧。轉悠了半天，總算找到一家商店的側面磚牆，看看面積夠大，我們三人便開始動手張貼。只一會兒工夫圍觀看熱鬧的人就已經裡三層外三層了，甚至還有警察站在後面。說實話，我當時就覺得這些圍住我們看的人顯然是把我們三個當怪物了，瞧他們驚訝的表情和眼神兒，他們似乎無法理解我們的行為。

總算還好，我們擠出人群離開了王府井大街平安無事。我們繼續前行，騎到了朝陽門內大街上，騎到了位於朝內大街的中國人民文學出版社的大門口。北島說在此處也應該貼一份《今天》，我們沒二話拎著桶就用刷子把糨糊朝牆上抹。正貼著的時候有個身材不高的女孩兒跟北島打招呼，北島認得她便介紹給我們說她叫徐曉，多年後聽徐曉說她那次是去趙一凡家，從一凡家出來後正巧碰見我們三個人在那裡張貼，這就算是認識了。徐曉從辦《今天》雜誌第二期開始也成了我們的編委，這事我後面再說。

在人民文學出版社貼完之後我們掉頭往西走，過了中國美術館，前面的那條街就是中華人民共和國的文化部了。這是我們事先選好要貼的地方，不管讓不讓貼有沒有人阻攔，也不管這條上行人稀少有沒有人看，反正我們打定主意要在這裡貼，說白了是為了給《今天》雜誌造影響。

十二月分文化部前的這條街真是又靜又冷清，大門口除了能看見一個當兵的在站崗，也看不見有什麼進出的人。尤其是那面高大又厚實的灰色外牆更顯得冷冰冰，上面明顯不久前才被粉刷過，一片深灰乾乾淨淨。

我們在這面大牆上刷糨糊的時候真有點兒下不去手，但是為了《今天》我們必須要貼。沒人阻攔，這是沒想到的。也沒人觀看，這裡本來就沒什麼人。我們很快很順利地把《今天》第一期貼完，長長的一條如同白色的飄帶飄揚在文化部那深灰色的牆面上。

時間已過了午後，我們三個人就跟不是人似的也不覺得餓，也想不起要吃飯，又繼續往南騎。我們騎到了南城的虎坊橋，因屬於中國作家協會管的也是國內最大的《詩刊》社在那裡。我們到了《詩刊》社門口已經連興奮勁兒都沒有了，說真的也累了，也不管周邊的人看與不看，我們急急忙忙地把《今天》貼好，到此這一天張貼的任務就算完事。

至於我們張貼的這幾處《今天》雜誌，除了我知道在西單牆貼的那份保存的時間比較長，其他四個地方的我們後來也沒去看，我想不會超過一天便被撕下去了，尤其是文化部大牆上的那份，也許我們前腳走後就不見了蹤影，這就無所謂了，重要的是我們的《今天》雜誌已經問世！

更令我們想像不到的是，這一整天的張貼簡直太順利了，沒遇到任何麻煩，更沒有估計的那麼悲壯，完全出乎我們的預料。等到臨近傍晚我們結束了這一天的行程，都覺得此行沒那麼刺激。

一下子我們就恢復到人了，真是又累又餓，餓得連車都快騎不動了。我們再往東往珠市口大街上騎，正好路口「晉陽飯莊」。不吃飯是不行了，我們三個人就進了飯莊。也忘記吃的是什麼了，反正一通狼吞虎嚥。我們確實想喝點兒酒但是沒喝，因為我們猜測不出之後會不會發生什麼事，頭腦裡仍舊還有些警覺。

二十

我們也是夠玩兒命的，第二天，十二月二十四日，我們又騎著自行車奔赴海淀。這次陸煥興去沒去我沒記憶了，我只記得我和北島首先去的北京大學，在北大的校園裡有一塊地方被稱為「三角地」，這裡是學校張貼告示的集中地。

我們把《今天》第一期貼在了一塊比較大的宣傳牌子上，我們邊貼就邊有學生陸續圍過來觀看。等我和北島貼好離開的時候，圍著的學生已有數十人了。後來聽說《今天》的這期雜誌在北大貼了很多日子都沒有被撕掉和毀壞，由此我們對這所大學尤其是北大的學生有了好感。

我和北島出了北大的校門決定去中國人民大學，在騎車去人大的路上，我倆發覺總有一個人在後面尾隨著我們。這人是幹嘛的？我和北島交換了一下眼神，我倆突然停下車來盯著他，那人顯得有些緊張差點兒從他騎的自行車上摔下來。我們問他跟著我們幹嘛有什麼事嗎？那人自我介紹說他是北大的學生，名字叫胡平，非常想跟我們認識。那就認識吧，我們就這樣跟胡平認識了。在一九七九年初北京又出現了一本刊物名為《北京之春》，胡平就是這份刊物的創辦人之一。

我們騎到了人民大學，進校門的時候還比較順利，可我們選好了地方剛開始張貼就遇到了麻煩，不知從哪兒冒出了幾個不知道在學校裡是幹什麼的人，可能是負責學校的保衛什麼的，其中一個是頭兒衝著我們嚷嚷，不許我們張貼！我們一邊跟他理論一邊繼續往一座樓下的牆面上貼，還好這些人只是動嘴沒有動手。我們以最快的速度把《今天》雜誌貼好，也不想再與他們多話。可我們還沒走出校門呢，就見這些人已經上手在把《今天》雜誌往下撕了。這件事使我們對人民大學產生了很壞的印象，我們曾開玩笑說人大就是一座反動堡壘。

由於路程比較遠，我們騎車也有點兒累了，我們就沒去別的大學張貼。

一九七八年底另有一件大事需要說一下，在我們的《今天》雜誌問世之時，這期間中國共產黨正在召開第十屆三中全會，正是在此次會議上黨中央決定了中國的「改革開放」。鄧小平也是從此次會議開始成了共產黨的實際最高權力者。回想起我們能順利地張貼出《今天》第一期，與中共上層正忙於他們的會議顧不下這些事有點兒關係，給了我們機會。世上的許多事情就是這樣，一個新生事物的誕生往往是趕上了時機，《今天》雜誌的問世無疑應該算是一個新生事物，因為她被稱為民刊。在此之前，從共產黨掌握政權開始，中國大陸的所有報刊雜誌都是官辦的，都受到嚴格控制。而我們冒著風險自己創辦的《今天》文學刊物居然誕生了，而且還將要生存一年多的時間，這是後話，我們不得不認為這算是天意！

給予我們信心的一九七九年邁步走進人間。北京的冬天也使我們感覺不出寒冷。一月分的好消息不斷，主要是我們的《今天》雜誌在社會上引起了比較大的反響。有許多人都在打聽這本刊物是什麼人辦的？作者是誰？在我們張貼的《今天》上有不少人寫下留言，想尋找到我們。再有便是從這一年開始，北京的各種民辦刊物陸續出現，而且全國其他各大城市也相繼出現了民刊，說句比較俗的形容真是如同雨後春筍一般哈哈，民間刊物一片繁榮景象！

但進入二月分北京的天氣依舊冷颼颼的。這時的社會上每天都在流傳著各種小道消息，其中有一條小道消息令各個民刊的創辦人都很緊張，那就是上面要查封所有的民刊！當時在北京的民刊辦得有影響的已有七、八家，除《今天》外，還有《四五論壇》，這刊物的創辦人稱自己為召集人，有徐文利和劉青等。《北京之春》也算一家，主辦人

民刊《北京之春》油印版。

有胡平和呂樸等。《探索》是由魏京生、路林和楊光三人辦的。《人權同盟》由任畹町把持。《啟蒙社》北京分社的社長是秦曉春。還有《沃土》雜誌由一幫人民大學的學人主辦。記不清是由誰先開始串聯這幾家雜誌要搞個聯合簽名的抗議活動，主要是抗議上面取締民刊，因為這事關每一家民刊的生死存亡。另外就是號召大家聚集到西單「民主牆」集會演講什麼的以示抗議。

二月分的幾號我不記得了，有人來通知我和北島去趟中山公園，這個人好像是路林，他說幾大民刊的負責人要在那裡聚會商討一下舉行抗議活動的事，希望我們能參加。我和北島去之前先去了趟西單牆，正巧看到有人在那裡激昂的演講。那人學生模樣口才極好，他講的話不斷引起陣陣掌聲。我細看認出這人是民刊《探索》的楊光，他那時確實也還是在校學習的大學生。不過這也是我最後一次見到他的身影，幾個月之後《探索》雜誌消失了他也消失了，從此我們對他的下落一無所知。後來我們曾問過路林楊光呢？他證實他反正沒有被關進監獄。

我和北島進了中山公園不見有多少遊客，我們轉到約定好的五色土那個大圓壇那裡也不見有什麼其他民刊的負責人。只有一個和我倆身高差不多歲數也差不多的人孤零零地站在那裡，走近一看是老魏（魏京生）。他和路林還有楊光三個人辦了民刊《探索》，

左起艾未未、魏京生、芒克、楊益平（魏京生出獄後，在芒克家中拍的照片）。

上面發的文章主要由他寫。但他這個人話倒不多說，給人感覺不太善言談。楊光和他正好相反，你如果聽過楊光的演講就知道了。至於路林給人的印象就是個踏踏實實的工人，很實幹，我看到《探索》雜誌每一期發行總是他一個人。

我們和老魏在中山公園邊走邊聊了會兒，聊了聊各自的刊物，聊了聊當前的形勢，但就是沒聊舉行抗議的事。這次我們與他見面就像是個告別，因為兩個月後他就被當局抓進去了，而且再後來他被公開宣判刑期十五年。當然當他刑滿釋放出了監獄我和他再度重逢，那都是九〇年代的事了，他到過我曾住過的勁松小區的家。我記憶深刻的是他還寫了首詩給我，沒想到老魏在監獄裡被關成詩人了！

我對《探索》雜誌這幾個人至今都難忘的一件事是，他們在出第二期或第三期的時候，當時老魏還自由在外，有一天路林找到我塞給我二十幾元錢，他說他們商量決定把這一期雜誌賣的錢全部捐給我，原因是我因辦《今天》失去了經濟來源，那時我所在的工廠已拒絕我回去上班。再有就是我們彼此的印象不錯，就這麼簡單。現在回想起來那時候我們這些人所追求的目的也純粹簡單，人與人之間的關係也明確簡單。畢竟我們那時都是二十幾歲的人，我們都還年輕，我們都敢去幹！

二十一

二月分是我們要出第二期《今天》的月分，因為我們當初就決定把《今天》辦成雙月刊，本來大家應該把精力全部用在第二期的編選和印刷等事情上面，但由於被上面要取締所有民刊這條小道消息的干擾，我們不得不去做一些其他的事。

幾大民刊搞了個聯名呼籲書，一起抗議取締民刊。黃銳先是作為《今天》的代表去了，可他沒有簽名回來了。他遇到我跟我說他不敢代表《今天》簽這個名，我問為什麼？他說你去看看再說吧。

我騎著自行車獨自到了宣武門外，那一帶的小胡同又多又複雜，好不容易才找到黃銳說的那個門牌號碼。這是一個老北京普通市民住的大雜院兒，裡面住多少戶人家也看不出來。我現在死活也想不起我要找的這間房屋的主人叫什麼名字了，只記得他是《四五論壇》雜誌的，好像也是負責人之一。那天在他的屋子裡有不少人，全是辦民刊的，因好多人都沒打過交道，我也不知道誰是誰。我也不問，我也不想知道誰是誰。我讓他們拿給我看看那份要簽名的聯合抗議書，也沒什麼，無非就是抗議。如果上面真的要取締民刊，各民刊就聯合行動，還是抗議。我連猶豫也沒猶豫要枝筆就把自己的名字簽上了，我覺得挺好，如果我們辦的刊物到了生死存亡的時候，我們肯定不顧一切也要去抗議！簽完字我也沒多待，在場的人見我挺痛快也都挺熱情。

我回來後見到北島把這事說了，北島又把這事告訴了其他的《今天》編委。不想到下午時北島又找到我說今天晚上要到張鵬志家開《今天》編輯部的緊急會議，那時候《今天》雜誌還沒有固定的編輯部地址。我當時還不知道這緊急會議跟我有關，晚上我們這七個編委一個不少都準時聚集在了張鵬志的家。這是我第二次到他家裡來，第一次來我說過了就是我們商量決定一起辦《今天》並成立了編委會。不想這第二次也成了最後一次，那一天到底是哪一天我記不住日子，我只記住那兩座古老的鐘鼓樓還是老樣子，一點兒沒變。

這次這七個人聚在張鵬志家可跟頭一次聚在一起的氣氛太不一樣了，大家都很嚴肅沉著臉誰都不先開口說話。我挺納悶發生了什麼事？我瞅瞅北島，他便先開口說話了。他把我今天在抗議書上代表《今天》雜誌簽名的事又跟編委們說了一遍，問各位有什麼看法和意見？這下在坐的便都開始說起來了。

「我們不應該參加這個抗議活動，《今天》是純文學雜誌，沒必要跟那些刊物攪和在一起。」

「我也不同意《今天》簽這個名，我們和那些刊物不一樣，我們發表的都是文學作品。」

「是的，再說芒克一個人也不能代表《今天》，他和我們也都沒商量，我們也都沒同意他去簽這個名。」

「即使上面真的要取締民刊，也不一定全都取締吧，我們畢竟是純文學刊物，要盡量爭取生存下去。如果這麼一鬧……」

「芒克簽的字，他只能代表他個人，不能代表我們。」

「他應該寫個聲明，明天貼西單牆上，聲明在那份抗議書上簽名只代表他自己，不代表《今天》，不代表我們。」

上面的話都是幾個《今天》編委說的，大概內容也基本如此。

我心說就為這事呀！沒問題，我做的事我當然敢做敢當！我同意自己寫個聲明明天一早貼在西單牆上。

可一直沉默沒吱聲的北島突然說話了，他說你們大家這是什麼意思？你們這麼做不是明擺著把芒克出賣了嗎！我認為他簽這個字，沒錯，我同意。你們想想，如果上面要取締民刊，怎麼會只留下我們《今天》？我們的刊物也是民刊呀。我不同意芒克去寫這個聲明，他雖然代表不了你們，但他是《今天》的人，我們如果這麼做，會讓其他刊物的人瞧不起我們。北島說的話大意如此。

這下氣氛頓時緊張起來了，每一個人的面部表情都有變化，但都更加嚴肅更加陰沉。大家在爭論著，爭論著，但總是統一不了意見。

會議時間已經夠長了，夜已漸深，那座鼓樓西側的民居四合院家家都已熄了燈。既然這樣，咱們分歧這麼大，北島看了看我說，這樣吧，我們少數服從多數，我和芒克退出《今天》雜誌，你們五個人辦，當然我們倆個人還會繼續給《今天》寫稿投稿。

北島這麼一說瞬間屋內一片死靜，我看大夥兒的臉色都變了。我記得是孫俊世先開口回答的，他這個人很沉穩有學問嘴也能說，他說你們倆是創辦人，你們如果退出了，我們還怎麼去辦？他話的意思是我們再辦不合適吧。

北島真夠絕的，他接著說你們如果不繼續辦，那就你們五個人退出，我和芒克辦。

什麼叫不歡而散？這是我體會到的一次真正的不歡而散！那五個人誰也沒再說什麼

了，最終誰也沒跟誰告個別，便各走個的了。

說來也是，自從這次散了夥兒之後，我就再也沒見到過孫俊世和張鵬志。只是聽說他們後來都去了國外，他們是研究學問的人，具體的我不清楚，我跟他們本來交往就少，也就斷了聯繫。

至於劉羽這個人我前面說過，忙著辦《今天》這段時間我跟他來往也斷了。八〇年也沒見過幾面。後來聽說他去了匈牙利，再後已經到了二十一世紀，聽北島說他生病去世了。

而黃銳沒有退出《今天》，印刷第二期的時候他又回來了，還是編委負責美術編輯。

那天散夥之後我和北島騎車結伴而行，天太晚了再加上《今天》只剩下我們倆個人。有太多的事需要我們商量，北島就讓我住他們家裡去。從鼓樓騎車到新街口三不老胡同沒多遠，我們一路騎一路聊，沒有一點兒疲倦之意。到了他們家的樓下，輕手輕腳地上了樓，又躡手躡腳地進了他們的家，他父母睡沒睡我也不知道，我趕緊跟北島溜進他的房間，總算舒了一口氣。還睡什麼睡？我倆不知怎麼都來了精神頭兒，真是徹夜長談啊，聊的都是我們今後該怎麼辦？只是我們大聲不敢出，生怕吵了他的父母，他父親若是闖了進來，我心說那可不是鬧著玩兒的！

二十二

在一九七九年二月下旬，《今天》編輯部終於有了地址：北京市東城區東四十四條七十六號。這是劉念春的家，一個說不清住了有多少戶人家的很大很深的大雜院，據說不知在多少年前這裡是個叫慧照寺的大寺院。但劉念春的住房只有小小的一間半，還是朝西的東廂房，不過在那年月有自己的房住就不錯了。

我們和劉念春是通過誰認識的我沒有一點兒記憶，不知北島記得不？當時我們急需要有一個《今天》雜誌的通信地址，因有不少讀者在我們張貼的刊物上留言想與我們聯繫。說來也是我們的好運氣，這時候出現了劉念春，他沒半點兒猶豫便答應把他的家作為《今天》編輯部的通信地址。這還不夠，當我們很快和他混熟之後，我們又得寸進尺地提出，乾脆就把你家當《今天》編輯部得了！劉念春是個太好說話的人了，沒見他拒絕過什麼，他滿口答應之後，他家的這一間半屋子就成了我們《今天》文學雜誌編輯部的正式地址啦！

劉念春的年齡不會比我小，但他當時卻在首都師範學校的一個分校讀書，而且他還結了婚。他的老婆家在河北的大廠，是回族人。劉念春平時住校，他的老婆就根本不在家裡住，總住在娘家。這樣我們就可以放開在他們家裡幹了，《今天》的許多事包括油印刊物全都產生在那間不大的小屋。

劉念春是我和北島選中的，從《今天》第二期開始的頭一個編委，因他在校讀書，也不指望他多幹啥事。只是在印刷刊物時用得上他，在老鄂（鄂復明）到來之前，他是蠟紙油印最快最好的。這可能跟他力氣大有關，他身體比較強壯，一直在練大成拳。尤其是他那雙手太有勁兒了，別讓他掐住，他一用力沒不叫喚的。所以我給他取了個外號叫大螃蟹，主要是說他那雙手像螃蟹鉗子似的，不信鉗你一下試試！有一件趣事我順便說說，《四五論壇》那個刊物有個叫張大光的，他說他也在練什麼拳，聽我們說劉念春的大成拳很不錯，他有些不服氣，就想跟念春試吧試吧。就在我們《今天》編輯部的屋裡，而且是當著我的面兒，他們倆個人交上手。你猜結果怎麼樣？張大光竟然被劉念春給打哭了！我想笑也沒敢笑，心說這麼大人了好歹也是條壯漢，真覺得太丟人啦！看來劉念春這大成拳還真不是吹的，確實有兩下子。

離該出《今天》雜誌第二期的日子越近，我和北島就越著急，我們需要人手，《今天》需要補充新的編輯部人員。我們選定第二個新的編委是周郡英，老周在我們張貼西單牆上的《今天》留了聯繫電話，北島就找到了他。周郡英比我們年齡稍大些，人很穩重，幾乎就沒有脾氣，他人緣很好，大家有什麼事都願找他去說。老周那時的工作單位在鑼鼓巷巷口的大街邊上，他上班的辦公室就面朝馬路。在辦《今天》雜誌的日子裡，我沒少跑到他的辦公室裡與他喝酒，這當然是在他們下班之後，老周有時晚上住在那裡，他會親手弄幾個菜，純老北京的吃法兒，我們邊喝邊聊，直到很晚。

老周的身體一直不太好，聽他說他因一次看病醫生讓他烤電，這一烤把他腸子烤壞了，過不了一年半年就腸黏連。他每次腸黏連時都要去動手術截掉一小段，真是夠他受的。老周最終也是因為這病要了他的命。他也是我們《今天》編輯

背後是《今天》編輯部小屋——東四十四條 76 號，1979 年。

部裡最早去世的人。我記憶中那是在中日友好醫院的病房裡，一大早我和老鄂趕去給老周穿上病逝後的衣服。那一天是《今天》雜誌停刊十年後的一天。在此之前的幾年他已和徐曉結了婚並生了個兒子，令人悲傷的是，他的兒子沒幾歲時他走了。

說到這裡再說說徐曉，在我們準備出《今天》第二期的時候，北島也把她拉進了編輯部。徐曉當時在北京師範大學讀中文系，也好文學，後來寫過短篇小說。她初到《今天》就為我們的刊物做了件重要的事，大家都知道《今天》雜誌從第二期開始便用了那張由黃銳設計的藍色封面，這封面就是徐曉託人由北京師範大學印刷廠印出來的。這在當時所有的民刊中顯得格外與眾不同。

在《今天》的這次招兵買馬中，另外還有三個人的加入我記憶頗深，她們是李南、李鴻桂（桂桂）和程玉（小玉）。記憶深的原因是我和北島與她們頭一次見面有點兒像搞地下工作祕密接頭的特工，已想不起這次見面是誰通過誰又認識誰安排的，就連見面的地點怎麼會在那裡？我也早就想不清楚了。如果我沒記錯的話，我們見面的地方是在南城天橋一帶先農壇的那道老牆外。

李南當初主要是為《北京之春》這個刊物做事，她是從內蒙古插隊回來的，家住北京人民藝術劇院的宿舍。李鴻桂是東城兒童醫院的護士，這醫院與協和醫院就隔一條胡同。程玉在首都師範學院上學，她是原國民黨上將程潛的小女兒。這三個人都是自願來幫助《今天》的，而且這一幫就幫到底了，直到一年後《今天》被迫停刊，她們始終是編輯部的堅定成員。

時間很快要到二月下旬了，我們人手漸漸多了，便開始在東四十四條七十六號的小屋裡油印《今天》雜誌第二期。印一期雜誌可沒那麼簡單，沒幹過的不會知道這工作量有多大。我們要求《今天》從第二期開始要印足一千本，一千本如果對於印刷廠來說那是個太少的數量了，可對我們自己油印來講，我們需要用手推動滾子一張一張地印，力氣還要使均了，要印得清楚，勁兒還別使大了，把蠟紙弄破了還得重刻或者重新打字，那可就太麻煩啦。印出之後我們還要一張一張地折疊，然後再一本一本地裝訂。裝訂好了還要包上封皮，印上期號。最後才切邊把每本刊物切整齊了。想想吧，如果人手不多根本幹不過來。

幸好《今天》雜誌是得到多助，從我們有了這個固定的編輯部開始，在我們印刷每一期刊物的時候，都會有許多自願者來幫助我們幹活，這其中有不少在校的大學生，如北京師範大學的，北京大學的，首都師範學院的等等。當然還有幾個出色的人物將加入我們《今天》的行列，為這本雜誌做了重要的貢獻，我會在後面慢慢去說。

二十三

二月下旬油印《今天》第二期進展緩慢，原因是一張蠟紙印出的紙張頁數遠遠達不到我們的要求便破損了。儘管我們從這一期開始已不再用手刻而是換成了打字蠟紙，但更換一張麻煩不說也需要時間。《今天》編輯部幾個男人輪流推滾子印刷，主力是劉念春，他力氣大胳膊有勁兒，能多推一陣子滾子，可蠟紙在他的力量下也容易很快破裂。就在我們大家傷腦筋沒啥好辦法的時候，李南帶著一位朋友到了七十六號。

這人經李南介紹我們知道他大名叫鄂復明，年歲比我稍大些，人挺老成，我們就都開口管他叫老鄂。這老鄂自己說他是在內蒙古插隊騎馬放羊的，同李南曾在一個地方，在內蒙古已經待了十幾年，剛回到北京沒幾天。老鄂是來給《今天》幫忙的，多一個人手，我們當然都很歡迎！

老鄂話不再多說，他看我們推滾子印刷費力又印不太好，便接手過去。我們都盯著他看，不知道他以前幹沒幹過這活，不想他印出來的效果令我們立馬對他刮目相看，那叫一個漂亮，字跡非常清晰。大家都停下手裡的活看著老鄂推滾子，關鍵就看他一張蠟紙能印出多少頁紙啦。老鄂還真是不負眾望，他一張蠟紙果然比我們印出的頁數多了很多。大家全都叫好，連劉念春這個大螃蟹都服了。

就這麼半天的時間，老鄂和編輯部屋子裡的人全熟了，大家有什麼弄不好的事全請教他，大螃蟹也時不時地與他切磋推滾子的經驗。

我和北島更是看重老鄂這個人，我們倆人都覺得《今天》編輯部需要他這個人，沒他這麼個人不行。老鄂也是個爽快之人，別看他話不多有時說起來還有點兒結巴，但他心裡看人和認人準得很，他同意跟我們一起幹了！從此以後我們《今天》編輯部便增加了老鄂這個難得的人物，他的加入太重要了，他不僅後來成了我們《今天》的總管家，確實可以這麼說，因為除了每一期的印刷和幹活之外，包括《今天》的財務、發行、保存資料與接收讀者來信，甚至給一些讀者回信等事情都由他去做。而且直到一九八〇年底《今天》在北京停刊，這期間老鄂都是《今天》舉辦每一次活動的參與者和組織者，也是重大事情的決策人之一。

另外在這期間崔德英（英子）也找到七十六號來，她自願來幫助《今天》雜誌做事並成為了編輯部的工作人員。英子寫一手好字，做事認真，《今天》的許多稿件都由她抄寫，刻蠟紙的事幾乎由她一個人包了。可惜她在《今天》停刊後，大概是在八〇年代末九〇年代初，她患了精神病，聽說有家庭遺傳的因素，她的母親和姊姊都患的是此病。當然也會有其他的原因，這就不好說清楚了。我最後一次見到她是在九〇年代初，她有一天突然跑到我當時在勁松小區的住處，手裡拿著一把火紅色的雞毛撣子，當著我那時剛一兩歲的大女兒嘴裡念念有詞，我問她這是幹嘛？她說有壞人要來害我們，她的天眼已經開了，她是來驅魔的。我當時就覺得她有些不正常。之後過了沒太久的時間，我便聽說她住進了精神病院，真是夠可憐的。如今有見過她的老朋友傳來消息說英子依然還住在精神病院裡，她的真實感受如何只有她自己知道了。

《今天》雜誌第二期終於在一九七九年二月二十六日印刷裝訂完成，我們拿到西單牆那裡去出售，人們自覺地排著長隊，很快便銷售一空。我記得是賣八毛錢一本，我們去賣雜誌的目的很簡單，就是收回紙張和油墨的成本，好繼續再出下一期《今天》。在西單牆那裡出售每一期剛出版的《今天》成了慣例，儘管在後來《今天》雜誌大部分都郵寄給了訂戶，但我們總要拿出一小部分象徵性地賣一下，以示新一期的《今天》又出版了。

說到這裡我還要說到一個人，他就是在《今天》第二期上發表短篇小說〈瓷像〉的作者萬之，這是他的筆名，他原名叫陳邁平，萬之那年還在中央戲劇學院讀研究生，他的小說很受北島的欣賞，北島便找到萬之並把他拉進了編輯部。我們並不要求萬之在《今天》幹一些印刷裝訂之類具體的活，我在前面說到過，北島這人很喜歡去改動別人寫的小說，以達到他滿意的要求。自萬之加入到編輯部後，這差事就交給萬之幹了，萬之自己也說過發表在《今天》上的小說有幾篇他都改動過，當然他也知道修改別人的作品是件得罪人的事，以後他便打死也不幹了。

進入三月分，由於《今天》第二期已出，我們的心情都很愉快人也放鬆。在這之前，我還短不了能回到北京造紙一廠上個班，我住的宿舍還允許我住給我留著。可我這次回去就大不一樣了，廠裡的負責人不讓我上班了，說想回來上班可以，把人在外面都幹了些啥事必須講清楚，要寫一份深刻的檢查，並保證以後不再幹了！我心說少來這套吧，我又沒幹什麼見不得人的壞事，我憑什麼給你們寫檢查？我沒寫過這個，活這麼大就沒寫過什麼檢查！你們不讓我上班我就不上，沒什麼好說的。說實話，我的心裡還都想著《今天》的事呢，這下正好，不讓我上班正好，我還不想來呢！我啥話沒說掉頭就走，我突然覺得我的心情更加愉快，人也更加一身輕鬆。

二十四

由於工廠的聯工宿舍我不能再住了，從三月分以後我就住在了七十六號《今天》編輯部的那一間半的小屋裡，也就是劉念春的家。

三月分，七十六號的《今天》編輯部開始陸續有各種各樣的人物來登門拜訪。

在寫詩或寫作的人裡面我印象中最早來登門的是黑大春，他當時不叫這個名字，原名龐春青，小名叫大春。他一九六〇年生人，來時十八、九歲，在我們眼裡算小青年小孩兒了。他住在海淀的中關村，大老遠地跑來拜訪我們主要是因為他熱愛詩歌。大春對詩歌的熱愛可不是一般的愛，可以說已到了非常虔誠的地步。這從他後來在八〇年代組織「圓明園詩社」就可以看出，他不但寫詩認真對自己的詩句要求嚴格，而且也喜歡和善於朗誦。在八〇年代我也沒少被他邀去參加「圓明園詩社」的朗誦活動，記憶較深的一次是在北京大學的一個禮堂，他們詩社出了本詩刊名為《黑洞》，我們就以這《黑洞》

的名義面對著台下黑壓壓的大學生聽眾朗誦。

黑大春的這第一次登門七十六號小屋便成了《今天》編輯部的一員，在以後的日子裡，他沒少為《今天》出力和參加我們組織的活動。

于友澤（江河）和甘鐵生倆人也一塊兒走進了《今天》編輯部的門。這二位老兄比我年長一些，我在白洋淀插隊的時候便聽說過他們的名字，但一直沒見過，這次算是相見了，並且他們主動願意把他們寫的作品交給《今天》發表，我們當然很是歡迎。老甘主要寫小說不寫詩。而于友澤卻以寫詩為主。正好我們籌畫《今天》的第三期要搞個詩歌專刊，于友澤寫的組詩〈紀念碑〉便以江河這個筆名發表在這一期上。

顧城大概也是這個月分由他姊姊顧鄉帶進了七十六號的小屋。顧鄉稱她是《四五論壇》的人，她說她弟弟顧城寫了不少的詩拿給我們看看，希望在《今天》雜誌上發表。我們直到出版《今天》第八期的時候才用上顧城的詩，第八期也是詩歌專刊，北島把顧城的名字改成了古城的筆名，發表了他的〈山影〉、〈海岸〉、〈暫停〉和〈雪人〉這四首短詩。

寫到這兒我突然想起了郭路生（食指），在《今天》第二期上面我們就刊登了他寫的影響很大的三首詩，〈相信未來〉、〈命運〉和〈瘋狗〉。不過他倒是沒來七十六號的編輯部，而是我們去主動找的他。老郭在六〇年代末和七〇年代初的名聲就大了去了，尤其他寫的那首〈相信未來〉在知青之中可謂流傳甚廣。但我記住他的第一首詩卻是〈菸〉，「燃著的香菸中飄浮過未來的幻夢，濃厚的雲層裡掙扎過希望的黎明……」這也許是我那時已開始抽菸喝酒的緣故哈哈。

老郭出生於一九四八年，比我整整大兩歲。我們那次去找他可不容易，因他這人幾乎與人不來往，你根本不知他在哪兒？我們總算打聽到他的工作單位了，是在一個什麼研究所的傳達室裡，也就是看大門。我心說不都傳說他精神分裂瘋了嗎？怎麼還讓他去看大門？不管那麼多了，我們已經用了人家的作品就一定要去拜訪他。還好那天我們沒白去，我們找到了那個研究所，好像是在東城區的一條街上，我們進那家研究所的院門，沒人管。這時我們看見一個穿戴像鄉村幹部的人手裡拿把大笤帚在掃院子，有點兒像文革中被單位勞動改造的人，我們就問他郭路生在哪兒？那人抬起了頭那人就是郭路生！我們就這樣與老郭見了第一次的面兒。

在後來的日子裡我與老郭見面的次數就比較多了，我還去過他在西城區百萬莊的家，當然那是他父母的房子。他的父母都是過去的老革命，對待我們這些小輩的人只能用慈祥這個詞了。

在北京這個文學圈子裡，沒人不知老郭患了精神病，可我就沒見過他當著我們面兒

郭路生（食指）和芒克。

和詩人嚴力去福利院看望詩人食指（郭路生），聽他朗誦。

不正常過。我曾問過他你是真瘋了還是假瘋了？他只是笑笑從不正面回答。在八〇年代後期和九〇年代老郭又住進了那座位於昌平縣的福利院，我去看過他，那裡住進去的確實都精神有問題的人，但我看老郭還是那樣兒，頭腦很正常。尤其是他的記憶力太令人佩服了，我見過所有寫詩的人沒一個能像老郭一樣背下自己寫的每一首詩！這讓你不服不行，不服你背個試試！

老郭住在福利院裡其實生活很艱苦，我見過他們的吃食太簡單太差了，一個菜，饅頭也不管夠。去看望他的朋友有時會把他接出來到飯館裡吃頓好的，這當然要經過醫護人員同意。我問過他你吃不飽怎麼辦？他說就在裡面表現的好些唄，表現好的話就會得到獎勵多給一個饅頭！怎麼叫表現好這只有老郭懂得了。我還問他那你幹嘛要住進福利院裡，他的回答令我心裡難受，他說住在這裡省錢，比在家裡清靜，在這裡還能寫詩。我的媽喲，我心說在這裡還清靜？當我掏出支菸來遞他時，你瞧瞧，在裡面的一大群人就都圍了過來，他們全衝我要菸抽，我便把菸一支支發完為止。

還好，現在的老郭生活的不錯，身體也挺健康，他早就離開那個福利院了，跟自己的老婆在北京的西郊有住所。他的老婆曾是福利院的護士長。前不久我遇到了他們倆口子，他老婆問我，他們都說老郭有病你說呢？我乾脆地回答：沒病！

二十五

當《今天》第二期順利印刷出來和發行之後，沒有跡象可以看出上面有取締民刊的意思。原因可能是多方面的，有一點很重要，那就是從一九七九年二月底開始中國和越南兩國開戰了，而且到了三月分仗是打得最激烈的時候，傳說中國的軍隊都快打到越南的首都河內了。

由於前線離北京太遠，對於這方面報紙報導的消息也不多，生活在北京的人只能聽到各種傳言了。

日子還要繼續，我們的《今天》雜誌還要接著再辦，我記得也是在三月分的時候，有一天北島跟我商量，他說的大概意思是，我們既然辦雜誌就要正規些，每個刊物除了有編委，還要有主編和副主編。我明白他的意思《今天》雜誌也要有主編和副主編。我不加思索地回答他，這好說，你是主編，我是副主編，不就完了。我是真心覺得北島當主編合適，一是他年歲比我大，二是他這個人做事比較穩重，不那麼激進，脾氣也較好。再有《今天》雜誌上發表的許多作品都是他四處奔跑費心徵集來的，他不當主編誰當？他也知道只要我同意他當主編其他任何人也不會有二話。就這麼定了，我們二人又決定了編委的人選，並通知所有的編委到七十六號的編輯部來開個會宣布這件事情。至此《今天》的第二屆編委會算是組成了。

編委成員這次有九個人，除北島和我之外，還有老鄂（鄂復明）、萬之（陳邁平）、周郡英、徐曉、劉念春、趙一凡和黃銳。

黃銳又回到《今天》了，他還是負責美術方面的事。

趙一凡是幕後編委，考慮到他的身體原因，只讓他做一些收集資料和出出主意的事。

劉念春住在學校，基本不讓他操心什麼事，只是在印刷忙的時候把他叫回來。

陳邁平也住在學校，編輯部裡具體的事不用他管，他只是協助北島負責編選小說和文學理論方面的文章。

徐曉還在北師大上學，聯繫各院校的讀者，召集學生們來《今天》幫忙，一些蠟紙的打印，她還完成了一件很重要的事，就是她託關係在煤炭部印刷廠印出了幾千張《今天》雜誌的封面。

周郡英主要負責編輯成員的溝通工作，他是老大哥，大家有什麼事可以找他說。

老鄂負責的具體事情就多了，我前面說過，他除了協助我管理《今天》編輯部裡所有的事，還要管財務，接收讀者來信和回信，到郵局去給訂戶寄刊物等等。

最初北島和我商量過我們倆人的分工，他主要負責小說等編選，我負責詩歌。到後來由於《今天》的事太多了，活動也多，選稿的事我就不想管了，讓他去選吧。但他每次選好後都會讓我看看徵求一下我的意見，我都沒意見。

《今天》編輯部的編委會組成了，還有編輯部的一些成員需要說一下，一直堅持到《今天》停刊的有黑大春、桂桂（李鴻桂）、李南、英子（崔德英）、程玉和王捷。

王捷當時在北京大學讀書，《今天》的每一期出來之後都由他交到北大讀者的手裡。

還有一些後來陸續到七十六號編輯部幫忙工作的人，我在後面想到會再說起。

說到這兒我需要說明一下，《今天》雜誌一直有兩個群體，一是作者群，這些人是在《今天》上發表作品的人，有寫詩寫小說寫批評文章和搞翻譯外國文學作品的，但他們基本上不參與編輯部的事情和工作，大多數人都沒怎麼來過七十六號幹活。二就是這些《今天》編輯部的成員了，這之中除了少數幾個人有作品發表在《今天》雜誌上，大多數人都是在幹事幹活的人。這些人付出的辛苦是最多的，在那年月承擔的風險也是最大的。

我接著說三月分的事，到了三月底傳來消息說《探索》雜誌的老魏（魏京生）被抓了。這消息是路林來告訴我們的，他當時也不清楚老魏為什麼被抓。過了一段時間有傳言說老魏被抓是他給外國記者出賣有關中越戰爭的軍事情報。我們都很吃驚也很疑惑，老魏又不是軍界的人更不是高層領導人，他哪兒弄來的軍事情報？不過這也給我們提了個醒，跟外國的記者接觸別什麼都說。從《今天》有了七十六號這個編輯部地址，來訪的各國記者就越來越多，最先來的是英國ＢＢＣ的，之後又有路透社的，法新社的等等，他們來訪很正常，人家是幹這個的嘛，我們接受採訪也不為過，總不能不搭理把人家拒之門外。我在七十六號就接受過幾個國外記者的採訪，這事就不想多說了。

《今天》到三月底再無大事，只是在月末編輯部的全體人員到北京師範大學搞了個與讀者的見面會。那次見面會在一個階梯式教室裡面，來的學生讀者不多，此事我都快沒記憶了。

重要的事情是在四月初，我們籌畫在清明節前後舉辦一場詩歌朗誦會。這是《今天》文學雜誌要舉辦的第一次詩歌朗誦會，我想也自一九四九年後民間和民刊舉辦的頭一次當代詩歌朗誦會。想法有了決心已定，我們便開始物色朗誦人選和選擇場地。在當年不可能有任何單位敢提供場地讓我們使用，更不可能找個劇場什麼的了，這連想都不要想，那我們怎麼辦呢？

二十六

北京城的西邊有一處公園玉淵潭，我小時候住在西城的三里河一區，離這個公園很近。那時候沒人覺得這是個公園，完全是個荒野之地，人煙稀少，我們都管這地方叫釣魚台。這裡在清代就叫釣魚台，有塊大石頭上刻著這幾個大字。後來大約是在五〇年代末這裡突然大興土木，蓋起了一棟棟各種式樣的小樓，又圈起了圍牆，從此就再也不讓老百姓進入了，成了國家領導人招待和會見外國元首的釣魚台國賓館。還好這塊地方的面積很大，再往西邊是塊比較大的水面我們叫做大湖，沒被國賓館圈進去，再有就是大湖的南面還有一個湖，據說是由解放軍戰士挖成的，所以命名為八一湖。這兩個湖和這裡的樹林及土山坡深深地刻在我的記憶裡，我的童年和少年以及青年時代有許多時光都是在這裡度過的，至今回想起來還覺得十分美好。

在八一湖的東岸有一處松柏樹林，這些樹木高大樹齡也有上百年了。在這些大樹環繞之中有塊空地，陽光會照射進來，空氣清新又靜謐。我們想到了這個地方，也認為這塊空地是搞詩歌朗誦會的最好場地。就是它了！我們選定好了《今天》第一次朗誦會的地點，但在沒舉辦之前一定保密，只有少數幾個人知道。

時間定在哪一天呢？這就要看我們準備的情況如何了。因為頭一次搞這種朗誦會缺少經驗，大家又希望朗誦能精采一點兒，就想著邀請一些朗誦比較好的人甚至專業搞這行的人朗誦，而不是讓作者本人登台，這就麻煩和費時間了，我們需要去找人啊！

找吧，誰知道誰會朗誦呀？只能在朋友和熟人之中去問啦。還不錯，我們找人朗誦詩的事一傳出去，便有找上門的來了。

我先說說在我記憶中參加這次朗誦詩歌的幾個主要人物。王克平這個名字或許不少人知道，他是和黃銳、馬德升等人一起創辦星星畫展的人，之後成了一位很有名氣的雕塑藝術家，他當時在中國廣播藝術團工作，是搞劇本創作的，他頭一次來到七十六號《今天》編輯部是來投稿，他寫了個劇本名為〈逃犯〉，我看了看，明著告訴他，這東西在《今天》上可能發不了。不過他也沒多說什麼，我們還是成了朋友。當他聽說我們要搞詩歌朗誦會，他便又來主動要求朗誦我的詩，他選的是我一九七四年寫的由許多小詩組成的〈十月的獻詩〉。我心說這詩可不太好朗誦，一首一首的都是比較短的句子，可沒想到他朗誦時處理得還不錯，很受聽眾們的歡迎。看來他是受過訓練也不是初次登台朗誦詩了。

第二個自願來朗誦詩的人是陳凱歌，我前面說到過他，他多年以後成了導演拍過不少部電影，但那會兒他還在電影學院上學。他喜歡北島的詩，與北島交往也多。但他更喜歡郭路生（食指）的詩，所以他選了老郭最有名的那首〈相信未來〉朗誦。他說他們在考電影學院的時候有一項考試就是朗誦，所以說這都不算什麼。他確實朗誦的還比較有聲有色，台下的聽眾反響不錯。

有個叫吳犀的年輕人自稱是學習和專門搞朗誦的，我們聽他的聲音也像是那麼回事。他為了證明他的專業性還帶我們去拜訪了一位當時挺有名氣的老資格的號稱專業的朗誦藝術家，他的名字我就不想提了，這位見我們邀請他朗誦當時答應的挺好，但也許他聽說了我們背景之後就根本不敢來了。吳犀這位年輕人在朗誦會現場表現得還不錯，他選擇朗誦了一首俄羅斯詩人普希金的詩〈囚徒〉，跟《今天》的詩沒多大關係。

還有顧仁權（毛毛）主動要求參加朗誦詩，我們聽了聽答應了。她朗誦了北島的詩，是哪一首我記不住了。在當時的社會環境和氣氛下，每一位有勇氣敢於拋頭露面去朗誦的人都是好樣的，都受到大家的歡迎。

鄂復明在安裝麥克風（1979 年 4 月 8 日在玉淵潭公園舉辦《今天》第一次朗誦會）。

參加朗誦詩的人還有幾位，只是年頭久了我忘了他們的名字，抱歉不能在此一一說到。

《今天》文學雜誌舉辦的第一次詩歌朗誦會是在一九七九年的四月八日。在朗誦會的前一天我們把海報張貼在了西單牆上。在四月八日這一天的早晨我們編輯部的人員就提前到了八一湖畔的那片松柏樹林裡，在那塊空地上正好有個高出地面的長方形土台，或許這裡之前也曾搞過演出什麼的，對於我們搞朗誦會太合適不過。準備工作最忙的人就是老鄂了，他自製了一個麥克風，是帶電池的那種，因樹林裡不可能有電源。他試來試去總算能發出聲音，這讓我們已經非常滿意了。老鄂幾乎是個無所不能的人，這在以後的日子裡證明了他的才能。你說他什麼不會吧？他能自攢電腦和電視等各種電器，而且他在工廠的本行是修理汽車發動機。其他的一些活就更不在話下了，反正就沒他不會幹和不能修理的。

上午十點是我們定好的詩歌朗誦會開始的時間，但不到十點在這片樹林裡已聚集了人群黑壓壓的一片，這是我們沒有料到的，因為我們貼在西單牆上的海報只有一天的時間。我觀察了一下來到現場的人，有北京各個民刊的負責人，有北京的和來自全國各地喜歡文學與藝術的熟人的面孔，有在北京各個院校讀書的學生，大多數到場的人都是不超過三十歲的年輕人。當然我們舉辦的這頭一次詩歌朗誦會免不了會招來公安局的注意，幾輛警車直接就開到了現場並停在這片樹林的周邊，便衣警察混在了人群之中，這是我們已經料到的，但是他們只要不干涉就是觀眾。朗誦會沒開始前人們三五成群在樹林裡輕聲交談，警車和警察的到來使樹林裡的空氣彷彿凝固。這是我人生中組織和經歷的最嚴肅的一次詩歌朗誦會，絕無歡聲笑語，幾百人聚集在一片林子裡可謂鴉雀無聲。

時間到了，但來參加詩歌朗誦會的人都遠離那塊土台和土台上那個簡陋的麥克風。北島和我交換了一下眼色意思是讓我上台去，我走上了土台衝著所有到場的人說道：請所有來參加詩歌朗誦會的朋友們到這邊來，請過來，請大家走過來，《今天》的詩歌朗誦會馬上就要開始了！

我注視著樹林裡的人群無聲地向我飄來，越來越近，越來越多，我心中不由地一陣感慨！

二十七

很快這塊不大的土台便被人群圍得水洩不通，沒人統計過四月八日那天來的現場的人數，我估摸五百人以上肯定是有的。許多年之後黃燎原跟我聊到過那天朗誦會的事，他說他第一次見到我就在那一天。他那年才十七歲，是爬到一棵樹上觀看的。他跟我說這番話時他已經在藝術界和音樂圈是個名氣很大的人物了，但那時他還是個小青年兒。

現場由《今天》編輯部的人和其他民刊的一些人組成了工作人員，他們站在最前排手挽手圍成一道人牆，為的是防止有人干擾台上的朗誦者。很慶幸整場的詩歌朗誦會總算順利完成，每個朗誦者都盡自己最好的水平朗誦了所選的詩。會場的氣氛始終是嚴肅的，就連熱烈的掌聲也透著一股嚴肅。我們按照預計的時間結束了這場場面略顯得有些緊張的詩歌朗誦會，時間並不太長，但效果和目的達到了，那便是我們成功地舉辦了自一九四九年十月以來由民間和民刊發起的第一次當代詩歌朗誦會，而且是在北京。那天許多到現場的人在後來都成了中國在各個文化領域有影響的人物，尤其是在文學、繪畫等藝術、音樂和電影方面更有佼佼者。一九七九年四月八日是個不能忘卻的日子。

人群從那片樹林裡四面消散。我們編輯部的成員和幾位朗誦者一行二十幾人一路步行走到了離全國總工會大樓不遠的叫汽車局的附近，那裡有一家飯館，那時的飯館全是國營的，已是中午了，我們進去午餐。大家都很愉快，畢竟那種被人干擾朗誦會現場的事沒有發生。我們吃完飯後又繼續步行，直走到西單那一帶才三三兩兩的分手消失在不同的胡同裡。其實我們這麼做是有所考慮的，生怕有便衣跟蹤在誰走單的時候被抓進去，儘管這種顧慮事後去想比較多餘。

最後只剩下我和北島在胡同裡穿行。我倆人一直走到西黃城根那邊的一個小胡同裡，北島帶我走進一座大四合院，我問他幹嘛去？他說你就跟我走吧，沒想到這座四合院還有另一個門通向另一條胡同，他就帶我出了這個院門。我問他你對這院子怎麼這麼熟悉？他說他的中學同學住在這裡他曾經來過。北島帶我這麼走明白了吧，他還是很警惕的，當他確定了我們身後沒人跟蹤，他便帶著我奔向一處長途車站登上一輛長途汽車。這是多少路汽車我忘了，我們一路朝北而去，最後到了離沙河不遠的一個叫朱辛莊的地方，原來北京電影學院被遷到了這裡。

北島跟我說咱倆先在這兒住幾天，避避風頭。我是無所謂在哪住都是住。我們進了電影學院，他說他很喜歡一個畫畫的女孩兒，問我想不想見一見？我對這裡也不熟都聽他的。我們拜訪了邵飛的家，邵飛的母親是在電影學院教美術的，我知道當時艾未未在上美術系，這就是說邵飛的母親是艾未未的老師了。多年以後有一次我和未未聊到過此事，他說北島是通過他介紹認識邵飛的。

我們那天晚上住在導演系的學生宿舍，我睡在田壯壯的床鋪，北島則睡在陳凱歌的鋪位，這二人我想事先知道我和北島要來住，所以那天他們全回城裡的父母家了。壯壯和凱歌都是文革後電影學院招收的第一批學導演的學生，他們倆人我說過我早就認識，田壯壯的父親曾是北影電影製片廠的廠長，而陳凱歌的父親是北影廠的導演。

我在朱辛莊的北京電影學院只住了一晚上就想走了，我覺得不會有什麼事，躲在這裡也沒啥意思，我便跟北島說了。他覺得也是就讓我先回城裡，他說他過幾天再回去。

四月分還有一件重要的事就是《今天》的第三期詩歌專號印出來了。這期刊物上選了七個人的詩，有食指、江河、北島、舒婷和我的，還有方含和齊雲的詩。方含原名叫孫康，他曾在河北的徐水縣插過隊，那時就寫詩。我在白洋淀插隊時來去沒少路過這個地方，但那幾年我與孫康還不認識。齊雲的這幾首詩七〇年代初在北京流傳過，當時用

阿城和芒克（在阿城家）。

的名字叫依群，與他的原名中間少了一個字。這位詩人我好像至今還沒見過面。

在《今天》的這期詩歌專號上，艾未未給一些詩畫了插圖。他在幾個月後參加了第一次的星星畫展，是其中參展的主要人物之一。

另外在這期詩歌專號上還有一幅阿城畫的鋼筆線條畫作，畫的是周恩來。他也參加了第一次星星畫展。在八〇年代初我和阿城有過比較多的交往，友情也很深厚。在《今天》雜誌停刊後我又被工廠開除的那些日子裡，他沒少在各方面幫助過我。有那麼兩年我可以說是無家可歸，我這種狀況落到這般地步我肯定是不會回到父母家住的。我都記不清我在北京城住過多少地方又在何處的屋檐下和棚屋裡度過一個個黑夜了。但這段日子總算熬了過去，已經成了過去，我也總是會遇到朋友幫助我的。

阿城確實是給我幫助最大的一個人，他曾收留過我在他的家裡住過。他當年住在德勝門內大街靠街邊的一個院子裡，一間平房，小窗戶外面就是馬路。時不時就能聽到公共汽車駛過的聲音，人們路過說話的聲音也聽得一清二楚。甭說偶爾也能聽到馬蹄的聲音，那年頭兒還允許鄉下的農民在早晚趕著大車進城。但聽到最多是羊群從這條街上走過，而且往往是在清晨羊蹄子踏在路面上的聲響那叫一個清脆！每到這時你不想醒也醒了，阿城是個很幽默的人，他張口說出的話經常逗得我開心大笑。有一天早上他就似乎很感慨地說，這羊可比咱們慘多了，牠們大老遠地從張家口外走來，還自己馱著自己的肉，幹嘛來呢？送死來了，牠們直接走進了屠宰場……

怎麼不用卡車把牠們運來？我還傻呼呼地問。

這你就不懂了吧？讓牠們自己走來即省了運費，還讓牠們走掉自己身上的肥膘，這不一舉兩得嘛。你聽聽，這些羊就跟穿了小皮鞋似的……。阿城說到這裡起床了，他每天起的很早開始寫他的小說，我住在他家的時候他正在寫他的第一部小說《棋王》。

二十八

接上面我再講一講八〇年代初的我與阿城。我是在《今天》停刊兩年後去的北京復興醫院幹臨時工，主要是在傳達室和看大門，和食指（郭路生）幹的活差不多，只是不掃院子。工資是幹一天一塊錢，不幹或請假沒錢。這都是我母親怕我沒單位不知何時會被抓進去硬逼著我幹的。我母親在這家醫院工作多年了，其實也是工作了一輩子，直到她年老過世在這家醫院。她為了我能在復興醫院幹臨時工，聯繫了幾位跟她要好的醫生和院長為我擔保，我才有了這份我實在不願意幹但又不能給她們惹事的工作。

我堅持幹了一年多，在這期間也是有收穫的，我利用晚上值夜班的時間完成過詩集《陽光中的向日葵》。到了一九八四年初，有一天阿城遇到我，他覺得我看大門太屈才了，就讓我辭了別幹了，跟他一起去辦公司。那年正時興辦私人公司，阿城從一個叫任志強的手裡弄了一筆開辦費，任志強當時是一個叫華遠公司的總經理。然後阿城又找來栗憲庭，老栗在中國美術雜誌當編輯，我們三個人便成立了一家叫東方造型藝術中心的公司。阿城自然是經理，我和老栗是副的，公司裡就沒其他人了。這二位都是比我大一歲的兄長，我們也沒有辦公的地方，有事就到阿城家去。而且我也不能總住在阿城家裡，他便拿出錢讓我租了一間在西單附近一家旅館的地下室。

我們公司辦的頭一件事就是阿城讓我跑趟貴陽，他給了我一個貴陽小學校的地址，讓我去把四個我們誰都沒見過的藝術家請到北京來。他說這四位藝術家都很有才華，他和老栗都知道，可我卻對他們一點不了解。經理發話了我就去執行吧，我就不多說我在貴陽費了多大勁才找到這四位，他們是尹光中，畫油畫和製做沙陶面具的，聽說現在是貴州省美協主席。田世信，搞雕塑的，現在是雕塑家在中央美院任教授。劉庸，製做陶器的，現在幹什麼在哪兒我不知道的。還有個女畫家叫王平，她現在在哪兒幹什麼我也不知道。反正我把這幾位連同他們的作品坐火車全拉到了北京。接著阿城就在北海公園租個展廳舉辦了「貴州四

芒克《陽光中的向日葵》油印版，馬德升設計封面。

人」的藝術展。

只可惜只舉辦一天半便被當局查封了，不讓再展立馬走人，也不知什麼原因？頭一天時任北京市副言長也是陳毅元帥的兒子陳昊蘇還來過觀看，這說不讓辦就不讓辦了。

第二件公司要辦的事就是要找個能燒製沙陶的地方，阿城比較欣賞尹光中的沙陶作品，想給他建個窰，阿城就帶著我去了河北省的一個縣城，這個縣城叫啥名我是真的想不起來了，反正沒有特點又窮得使我沒留下任何印象。我只記住喝酒了，我們進了縣城找到縣領導見面沒談正事呢就開喝上了。那時的阿城喝酒，而且酒量嚇人。他現在不喝了，他說他喝酒眼壓高，再喝眼珠子就直接飛出去啦！

幾位縣領導在縣政府的食堂招待我們。坐下後每人的面前便擺上一瓶老白乾。我心說這幫人酒量夠大的這是要往死裡喝呀！而阿城不慌不忙要了一個大瓷缸子，他把一瓶老白乾全都倒了進去，剛好滿滿一缸子。幾位縣領導見狀互相瞅了瞅。這工夫阿城已把半缸子酒灌進肚啦！我的媽喲，甭說那幾位縣幹部傻了眼，就連我也被驚得不知這酒該怎麼喝了。飯後阿城跟我說他不這麼幹不行，你看他們那架式，嚇唬誰呢？這倒也是，那幫人不敢灌我們酒了，但這麼喝的結果是我們要辦的事沒辦成。

第三件公司要辦的事就是搞城市雕塑。阿城也不知從哪兒得知秦皇島市要建個大型的代表城市標誌性的雕塑，是隻鳳凰。我也沒搞懂鳳凰跟秦皇島有什麼關係。但只要能攬上這個活對我們這個東方造型藝術中心來說就是件能造成影響和樹立形象的大好事。阿城從中央美術學院找來了剛剛畢業的曹力讓他設計，這曹力是畫油畫的，也是貴陽人。我那時與他還不熟悉，但三十年之後當他成了中央美院的教授，他還讓我給他出版的一本畫冊寫過一篇比較長的文章。曹力設計的雕塑小樣出來了，一隻紅色的鳳凰，造型比較特別挺現代，不像人們印象中那種傳統的鳳凰。阿城看了大聲呼好！好，就是它了！我們帶著曹力設計的方案急忙奔赴秦皇島，結果是讓那裡的市領導當即給否決啦！這是鳳凰嗎？這是啥鳳凰啊？現在回想起來那裡的領導意識和觀念是太落後了，如果那時他們選用了曹力設計的這隻鳳凰，做一隻鋼鐵的巨大的火紅色的鳳凰，面朝著大海，想想看現在會招引多少人去仰望啊！

聽說阿城在他後來寫的一本書《威尼斯日記》裡提到過這件事，他說我們又到了北戴河，他看到我的身影就感嘆：如果我們能掙到錢的話，那一定是老天爺一時疏忽了。哈哈哈，大意如此。

我們的公司辦了不到半年就倒閉了，錢花光了也掙不到錢。阿城打算給人家寫電影劇本去。他又不能扔下我不管，便託熟人讓我進了另一家公司。我到這家公司的事就不在這裡說了。老栗（栗憲庭）又回到了中國美術雜誌社。至此，東方造型藝術中心不再存在。當多少年後我們偶爾談到這些事也只當講講笑話。

好了，讓我的思路還是回到一九七九年的四月分吧。

大約是四月中旬，北島從朱辛莊的北京電影學院回到城裡。他見到我就要請我吃飯喝酒。看他的樣子好像心情不錯，不知他遇到了什麼好事？北島也好喝酒，但酒量不大，一般不多喝。他這人一沾酒便面紅耳赤，稍微喝多些醉意就來了。他喝多酒從不鬧事，唯一的表現方式就是找地方睡覺。他也不管躺下的地方是什麼地方，只要能讓他躺著就行了。

這次吃飯喝酒就我們兩個人，在一家小飯館，在哪兒忘了。他要了一瓶北京紅星二鍋頭，一人倒滿一杯。他舉杯對我說：祝賀我吧！我看著他心想祝賀什麼？噢，我突然明白了啦！是不是你跟邵飛成了？他微微一笑說：能追到她可不容易啊！這必須要祝賀！我們倆個人把杯裡的酒一飲而盡……

二十九

在一九七九年四月初《今天》出刊完第三期和舉辦了第一次詩歌朗誦會之後直到六月分，編輯部基本沒太多的事，《今天》也無大事。北島建議我找一處安靜的地方去寫寫詩，他覺得我為了《今天》已經有很長時間沒空去寫自己的詩了，再有後面的《今天》也還需要新的詩作，那次我倆人喝酒時他這麼跟我說過，我認為也是，便同意他的建議。

我想到了一位比我小幾歲叫呂曉林的朋友。呂曉林是個腦子聰明喜歡科幻又整天愛琢磨發明創造的人，你猜不透他的頭腦裡儲存的都是什麼奇思妙想，只覺得他整天迷迷糊糊的，所以我有時就叫他迷糊。他跟我說過他打算寫一部科幻小說的巨著，但遺憾的是到現在我也沒看到。

呂曉林獨自住在北太平莊一帶的一片小區的深處，他住的那間房堪稱一絕，是在一個大煙囪的底下，也不是鍋爐房，也不知這間房以前是幹什麼用的，更不知道怎麼會讓他住？反正他就住在這間簡陋的屋子裡，也沒人管。屋內就一張行軍床，一只在七〇年代初生產的硬紙板做的手提箱，這只破箱子他後來還送給了我，我至今保存著。再有就是一個煤油爐了，他平時做飯用。這種燒煤油的一燒就冒黑煙的軍綠色的爐子早就絕種了，可那時候我倆沒它還不行。

呂曉林過的日子那叫一個慘啊，再加上我又過來住了那就更慘啦。不過他很高興我能到他這裡來，我倆人在一起每天倒挺窮開心。

呂曉林的父親是個老革命，他是北京政法學院（現在叫政法大學）的第一任院長，就可想而知他父親的資歷了。但在文化大革命的時候他父親受到了衝擊，之後是怎麼去世的我不太了解，我這人也不愛多問朋友家裡的事，除了朋友跟我說，所以我那時候接觸的許多朋家裡是怎麼個情況我都不那麼了解。呂曉林只說他沒房子住，他父親的單位就讓他住這兒了。雖說這房子太差了點兒，但那年月有個能棲身的窩就算不錯啦。

我去呂曉林這個小屋住的日期大約是在四月分的下半個月，我身上僅帶有六元錢，這錢還是老鄂發給我的。說來慚愧，我是唯一一個從《今天》雜誌編輯部拿工資的人。原因我前面講過，我不能回工廠上班了，也就不能掙到錢了。在工廠上班時我每月工資三十元左右，按那時候人的生活標準，一個人一個月有三十元的生活費算是很不錯的，但對於我來說總不夠用。這下可好，我連這三十元都沒有了。在辦《今天》之前，我沒錢了還能找我母親或我姊姊伸手要點兒，但辦《今天》之後我也不敢回家了，我怎麼敢回去？聽說我父親的單位因他的兒子在外辦民刊沒少擾亂他，當然是想讓我的父親干涉我的事，讓我不要再辦什麼非法刊物啦。我父親為這事很生我的氣，我明白他主要是擔心我怕我被抓起來。可我不可能不去辦的，所以最好的辦法就是我不回家，不見到我父親，免得一見面惹他老人家更生氣了。

《今天》編輯部在北島的提議下經過全體編委的同意決定從辦《今天》雜誌的經費裡拿出一點兒錢來給我作為生活費。起初是每星期六元錢，後來最多每星期給我八元。為啥要每星期給一次呢？這是北島一直覺得我手裡不能有太多的錢，他怕我有多少花掉多少，所以就讓老鄂一定要每星期給我一次，老鄂是《今天》管錢的。我這麼一說就知道我去呂曉林那裡身上為什麼只有六元錢了吧。

其實呂曉林的狀況也並不比我好，雖說他也工作了在一家工廠上班，可他是學徒工每月工資不足二十元。想想我們倆個人混在一起日子能好過啦？呂曉林整天又餓又饞的見什麼都想吃。

到了他那裡的第二天，呂曉林想招待我吃頓好的費盡了心思，正好趕上發糧票了，他一個月有三十斤的糧票，這使呂曉林心喜若狂。他拉著我就往外走，說到農貿市場去。那年的北太平莊沿大街邊有一長溜擺攤賣各種蔬菜和雞鴨魚肉的市場，賣東西的都是附近和郊區來的農民。我倆人在裡面低著頭左看右看，拿不定主意弄點兒什麼吃的好。忽然呂曉林眼睛發亮，他盯上了一隻漂亮的冠子巨大的大公雞。這隻公雞少說也有十幾斤重，見呂曉林盯著顯出憤怒的樣子，牠怕誰呀？看牠那架式恨不得撲上去叨呂曉林一口！你這隻大公雞怎麼賣？怎就這一隻呀？不是偷來的吧？呂曉林說話也不入耳。那中年漢子瞅瞅我們倆個，倒也客氣。你偷偷這隻雞給我看看。他說的也是，那隻大公雞凶得誰敢伸手啊！呂曉林真是看上這隻雞了，他問那農民用糧票換，換不換？那時的糧票可是好東西，沒這東西你買不了糧食，人家不賣你。所以缺糧票的人就用錢買，糧票也就成了錢了。

你給多少糧票換啊？那農民顯然是同意了。你說你要多少吧？呂曉林跟他討價還價啦。經過一番商討最終用二十五斤糧票成交，這就是說呂曉林這個月的糧票沒剩幾斤了。

那中年漢子給這隻凶猛的大公雞來個五花大綁，不這樣不行啊，誰敢動牠？綁好了之後呂曉林得意洋洋地拎在手裡，我倆不想再逛便奔那大煙囪下的小屋啦。

也不知呂曉林是怎麼殺死的這隻大公雞，弄得門外滿地雞毛。我躲在屋裡假裝寫詩，哪寫得出來呀，一點心思都沒有，詩在哪兒呀？等他把雞收拾好我也不寫了便看他怎麼去做這隻雞？

我說過他家裡只有一個煤油爐子，炒菜鍋肯定是沒有，倒有一蒸鍋，這蒸鍋還夠大，外表被煤油熏得黑呼呼的。呂曉林把那隻拔光了毛的大公雞整隻硬是塞進這鍋裡，添上水放了幾片薑便開始煮上了。一直煮到中午肉也不爛，添水再煮，煤油都添幾次了，再煮，呂曉林都嘗了好多次啦，肉就是不爛！我倆人真的都有些絕望，認為這隻大公雞一定是老得不能再老了，這雞身上長的是啥肉啊，真是比鐵還硬比鋼還強！到後來我倆實在是餓得不能再忍受了，索性就開吃吧！呂曉林給我拽下了一隻雞腿，我牙齒費勁地咬著，我說我有這一隻雞腿就夠了，剩下的你全吃了吧。呂曉林的牙口真是不錯，他也是快餓瘋了，就這麼一隻老雞，他竟然把肉吃得乾乾淨淨！

三十

整個五月分我和呂曉林都住在他那個在大煙囪下的小屋子裡。他非要讓我睡行軍床，而他從集市弄來一塊草墊子搭個地鋪，他說他睡地鋪睡得香。可我從來就沒見他睡過好覺，他患有嚴重的失眠症，也許是因為他腦子裡總在科學幻想，我常見他深夜拿出一個瓶子喝一口裡邊的液體，我問他喝什麼？他告訴我是安眠藥水。我勸他少喝怪嚇人的！他說他不喝根本就睡不著覺。

從四月到五月這一個多月的時間裡，我也寫了幾首詩，不過這幾首詩我都不太滿意，甚至到現在我全忘記了，所以在我後來出版的詩選裡全都沒有選入不見蹤跡。在這段時間裡，我讓老鄂來過幾次，老鄂來一是給我送些錢，二是給我們送些吃的。我和呂曉林的肚子裡是太缺油水了，尤其是喜歡吃肉的呂曉林，沒了肉他更迷糊了整天無精打采的。我讓老鄂每次來只要帶幾個肉罐頭就行，因為呂曉林太愛吃這東西了，他見了肉罐頭兩眼放光吃起來簡直是不要命。老鄂見他這麼個吃法兒直在一旁不住地說：慢慢吃，還有，還有，我帶來好幾罐呢……

這段日子算是過去了，六月分我們準備油印《今天》第四期，我又回到了東四十四條七十六號。而呂曉林還要繼續在他那個小屋裡胡思亂想，半夜喝著安眠藥水，我有時還真為他擔心。

第四期《今天》在六月二十日油印完畢。這期間又有新面孔來到七十六號幫忙幹活。我記憶中有個張玉萍的女孩兒，關於她的來歷和以後的去向我就不得而知了。還有個胖乎乎叫尹蕾的女孩兒，她是李鴻桂帶來的，好像也是兒童醫院的一位護士。另外還有什麼人的名字我想不起來了。

對了，老朋友彭剛突然闖進編輯部的小屋令我意想不到，他永遠說話不變的腔調使我的思緒倒退了不少年。原本我們忙碌的小屋裡被他攪得一下就不安寧了，我只好把他拉到屋外跟他單聊。他說他如今在北大化學系讀書，我驚訝他怎麼不畫畫了怎麼學上理科還上了北大？他說考北大太容易了，他只用一段時間死記硬背了幾本教材就成啦。他說他學理科用處會多些，至於畫畫嘛，再說吧。

這時屋內有人招呼我問有些事該怎麼辦？彭剛又跟著我返回屋內。這小子也不知看到誰畫的畫了，這些小畫都是後來參加星星美展的畫家給《今天》雜誌畫的插圖，他便大嗓門地又嚷嚷起來，這畫的是啥玩藝呀！會畫畫嗎？太差啦！他接著又翻閱《今天》第四期，也不知他看了哪首詩又嚷嚷：這寫的叫啥詩呀！你們的刊物就登這玩藝啊！他這麼一攪鬧，屋裡幹活的人都不知該怎麼幹了全停下手中活兒。這讓我真的有些生氣了，便出手給了彭剛一巴掌：你出去！彭剛見我真的發火了轉身走出屋外，但他遲遲沒有離開，我就又去見他。其實，我這次來找你是來跟你告別的，他說。幹嘛要告別？我納悶地瞅著他。我要去美國了，咱們何時再見面也不知猴年馬月。你怎麼就要去美國了呢？聽他講了講我算是服他了。

彭剛用了三個月的時間看了幾本教材就考上了北京大學化學系，然後讀了幾年靈機一動便琢磨到國外去深造。他開始瘋狂地學習英語，時間不多也能說能寫了一些句子之後，他就給美國的幾所大學寫自我推薦信，要求獎學金到那裡留學。他說他也沒有想到竟真的有一所大學給他回信並錄取了他，就這麼的他要去美國啦。你說彭剛這小子神不神？

望著他在東四十四條長長胡同裡消失的背影，我有點兒後悔打了他一巴掌，這怪誰呢？怪我對辦《今天》雜誌太投入，這不投入不行啊，已經辦到這份上了不認真怎麼辦下去？怪他的張狂？彭剛的骨子裡確實有一種狂勁兒，如果用在藝術創作上我很欣賞，

左起馬德升、嚴力、趙南。

但用在對待他人身上我就有些看不慣，何況他又狂的不是時候和地點。反正這事早過去了，我前面講過我倆人一別就是二十多年沒見。傳說中他死在美國了，可當他以美國矽谷一家大公司的總工程師身分又找到我時，我一下沒反應過來以為是鬼魂再現！哈哈彭剛，我們至今又有多少年沒見了，再見面時也許還會把我嚇著！

在《今天》第四期上發表詩的作者中有一人我要特別提到，他寫的詩題目是〈給你〉，筆名用的是淩冰。他的原名叫趙南，家住在離東四十四條不遠的張自忠路上，一座不錯的有幾戶人家住的四合院裡面。他的家，其實是他父母的家占據著最靠東邊的一個單獨小院兒。這座四合院的馬路斜對面有座更大的院落曾是北洋軍閥時期段祺瑞的總理府，聽說在日本人侵入北京時期這裡還曾是日本的憲兵司令部。

趙南的父親我沒見過，也沒問過趙南他爸是幹什麼的，但肯定是參加革命過來的人，職位應該不低，要不也不會分配給他們家住這麼一個院子。他的母親我倒沒少見過印象很深，除了對我們小輩人非常和藹，還有就是不管我們有多少人在他們家裡聚會她都不多說什麼。

趙南是最早在西單牆活躍的人物之一，他剛開始單幹，寫過不少文章都貼在那面牆上。之後與我們接觸成了朋友，實際上也成了《今天》雜誌不掛名的編委和編輯部重要的成員。自從趙南加入到《今天》後，我們便每個月有兩次在他們家的院子裡舉辦作品討論會。我們的這種討論會也是在為《今天》的下一期選稿，徵求大家的意見，討論形式是由作者先朗讀他的作品，然後大家再說出自己的看法。參加作品討論會的人每次都不少，有編輯部的成員也有許多作者，這種討論會一直持續到《今天》停刊後我們又辦了個「今天文學研究會」。當然這個研究會是短命的，只出了三期內部交流資料就結束散夥兒了，這事後面再說吧。

但趙南這個人對《今天》雜誌的貢獻是巨大的，他們家的那個院子，我想只要是去過的人都是難以忘記的。只可惜多年以後我聽說那座留有我們記憶的四合院被拆掉了，不知為什麼。

三十一

七月和八月是北京城最熱的月分了，這兩個月《今天》無大事。

也就是在這段時間，我們迎來和結識了第一位外國詩人，他便是來自法國馬賽的于連。我們在趙南家的院子裡安排了接待酒宴，所謂酒宴便是我們用塑料桶買來幾桶散裝啤酒，再買來一些熟食什麼的，然後眾人就開始大吃大喝。

那天在場的人數較多，我記憶中除了有趙南之外，還有北島、黃銳、馬德升、老鄂、周郡英、江河、田曉青以及《今天》編輯部的其他成員。那天大家都格外開心，喝光了幾大桶啤酒，再去買，繼續喝，直到喝得暈頭轉向。既然于連是法國詩人嘛，有人就提議讓大家集體寫一首詩，每人一句，讓我先開頭。我現在已想不起我寫的第一句是什麼了，接下來每個人一句一句地往下寫，這首詩就這麼完成了，當時大家都喊好，這詩的手稿在誰手裡不知道了，等何時發現了再給諸位看看。

這場大酒過後也就是一兩天吧，我們這夥人又陪著于連去了圓明園。去圓明園是黑大春帶的路，他家在中關村離這個已成廢墟的大園子不遠，這裡便成了他經常去玩耍的地方。我們在一塊空曠的林子裡先是每個人朗誦自己的詩，還一邊喝著自帶的酒水，玩兒高興了有人還跳起了舞。附近有三根被燒毀留下的大石柱子，歪歪斜斜挺老高又挺老粗地聳立著，陳延生（他也是參加第一屆星星美展的人）竟然像隻猴兒爬到了柱子的頂上！他站在上面招呼下面的人有誰敢上？身軀比較大的于連居然也往上爬了。還空著一根大石柱，我見沒人敢上便借著酒勁兒逞能地說我上。大家都勸我別上小心點兒可我還是往上爬，光溜溜粗大的漢白玉石柱子能腳蹬和用手摳住的縫隙很小，爬上去確實不易但我還是登上了大石柱的頂端。當我站在這不足一平米的石柱頂上時我真有些後悔爬上來了，站在上面往下看害怕不說，我在想我怎麼下去呢？這跟往上爬一比可實在難多啦，你看不到腳下不知腳該往哪兒蹬！我總不能直接跳下去吧，那必死無疑等於自殺。可我也不能就待在這大石柱子上不下去吧？這真是我現在想起來還會怕的一件事情。我終於小心翼翼費了大勁兒平安地落地了，我心說我要是再爬上去我是孫子！我和于連還有陳延生三個人站在大石柱上的照片後來被于連登在了法國出版的一本厚大的書裡，這本書裡還登載了我們聚會時的不少照片和手抄的《今天》詩人們的詩，這些筆跡都出自英子

左起鄂復明、黃銳、法國詩人于連 1979 年在趙南家。

（崔德英）的手，這也是國外第一本介紹我們這些人的詩。

于連是法國的富人子弟，聽說他父親是法國南方報業和出版界的大亨。他說他們這些詩人在法國寫詩已經不僅僅依靠文字了，我當時不解直到一九八八年我去法國參加他們舉辦的詩會才算明白是怎麼回事。

這事我還是說一說，一九八八年法國文化部邀請中國十二位作家和詩人去法國參加文學活動，這算是中國作家最大的一個代表團赴法國訪問了。在這個代表團裡除了我其他人都是中國作家協會的會員，有劉冰雁、陸文夫、張賢亮、劉心武、劉再復、韓少功、張抗抗、張欣欣和北島，另外兩個人是誰我記不得了。可當年聽法國朋友告訴我說中國文化部不同意我作為這個代表團的成員，他們答覆的是：我們不知道這個人，跟他沒聯繫。而法國方面卻為我一再與他們交涉，中國文化部門只好同意我只代表個人去，不算這個代表團的。

因為我已經沒了工作單位，在一九八〇年底《今天》雜誌停刊後我便被工廠開除了，所以我去申請辦護照只能去找我的戶口所在地的派出所去開證明。還好他們承認我這個人的存在，就這樣我去申辦了我的第一本因私護照。不過當我把護照拿到手時已經離法國給我們訂的飛往巴黎的機票只有一天時間了，我趕緊去法國大使館辦理簽證，當時在使館工作的燕保羅接待了我，他是我的好朋友，在八〇年代初他在北京大學留學的時候我們就認識。他讓我稍等一會兒說他去找大使，等他出來把護照交給我時簽證已辦好了。燕保羅在我第二天匆匆忙忙乘飛機飛往巴黎後不久，他也回到了法國，被任命為外交部長助理。在巴黎我與他多次見過面。再後來那已是十幾年以後，他再次來到北京法國大使館成為公使。令人想不到的是他前幾年病逝了，也就五十多歲，讓我很是震驚。我在二〇一五年去巴黎參加國際詩歌節的時候，當一家電視台採訪我問道對法國和法國人印象的時候，我還不由地想到和說到了燕保羅。

接下再講一九八八年五月初我到了巴黎之後吧，這個中國作家代表團的活動只有十天，完了以後各位該回國的回國，該去哪兒的去哪兒。而我又被邀請到一座靠著海邊的小城，在法國的一條叫盧瓦河的入海口處。這座古老的小城據說在二戰時期被德國占領，成了德軍的潛水艇基地。但在德國快戰敗時被盟軍的轟炸機群給炸毀了，成為一片廢墟。現在的這座小城是戰後重建的，已沒有了古老的痕跡。當地的市政府為了讓人們對這座小城的過去有所記憶，便每年邀請世界各國的一位詩人或作家到這裡住上一段時間，管吃管住還給錢，條件是你要寫一寫這座城市，不論是詩還是什麼形式的文字都可以，然後把手稿交給他們，會有人再翻譯成法文發表在當地的報紙上。

我算是第一個被邀請到這裡的中國人，當我去市政廳去見市長的時候，發現前面的小廣場上飄揚著中國的國旗，我以為有中國的領導人訪問這裡，而人家卻告訴我是因為我來了。我真是有點兒哭笑不得，我怎麼就享受這種待遇了呢？

沒辦法，說實在的這座小城雖然好，人家又每天好吃好喝地招待著，你又可以在海灘上漫步，面朝著大西洋。但是太寂寞了，你在街上很少能看到人，你和跟你打交道的人又語言不通，有事還要打電話到巴黎讓人翻譯。唯有在一起喝酒不用翻譯，不停地碰杯一通喝就是了。為了早日離開這裡我就趕緊去寫有關這座小城的一首詩，差不多一個月的時間我寫了有兩百行左右，我都忘了我寫的什麼，手稿交給了他們，反正我已完成了人家的要求。我就好像歸心似箭似地與這座小城告別又奔向了巴黎。

三十二

在巴黎我住在法國朋友的家裡，除了有時被請到什麼地方去朗誦詩，或有人請客吃飯，大多數日子是悠閒的，每天逛街或去參觀博物館。

可能是于連知道了我在法國，他便組織了一次有不少詩人參加的詩會，地點在法國中部的一個叫達哈斯貢的小城，沿途能見到不少古堡。

與我同去參加詩會的還有馬德升，想不到吧，他那時也到了巴黎，並且也在寫詩。老馬寫了一首只有一個字的長詩，題目為〈門〉，門、門、門、門……一個門字沒完沒了，整整一本，讓人看暈了算！不過這詩若是讓老馬朗誦起來那可就大不一樣了，讓人聽瘋了算！

于連組織的這次詩會到場的法國詩人從南方來的居多，也有少數從巴黎來的，但我覺得他們都是一夥的，起碼在對詩的品味和態度上與于連有共同之處。就說朗誦吧，真是五花八門無奇不有。舉幾個例子讓大家了解了解，其一是有位詩人把詩句寫在一張張大白紙上，每張只寫一句，因是法文我看不懂。他站在台上用手舉著，也不吭聲，一張一張慢慢地換著，他每換一張要用好幾分鐘！台下的觀眾倒是都很有教養和耐心，一直等到那位詩人把那堆白紙舉完了。真是給我煩的有點兒坐不住了，可我是被請來的貴客又不好走人。其二是一位詩人只是不斷地在重複一句話，聲音和表情也不生動，那句話好像就是法語的出租車什麼的，我心說你趕緊下去吧！說了人家再說馬德升吧，他拄著雙拐台上一站開始朗誦他的那首長詩〈門〉。就一個字的詩你就別拿著那本子了吧，手裡拿著也不方便。不，他拿著，他有用處。我真覺得老馬是個天才的表演藝術家，他把一個字的〈門〉朗誦得那叫有聲有色，節奏變化無常，聲調時高時低，滿臉眉飛色舞，滿嘴吐沫星子亂飛。到朗誦高潮時他把那本〈門〉撕得粉碎！到快結束時，我見他直翻白眼知道快要結束了，我真覺得他會摔倒在台上。我說什麼了我，老馬果然把兩拐杖扔掉，一頭栽倒在那台上！台下所有的人，當然除了我，發出一片驚呼聲！立馬就有人跑上台把老馬扶起來。老馬面帶微笑拄著雙拐在享受著觀眾們瘋狂的掌聲，我暗自偷笑老馬精采的表演，尤其是那個假摔！

我的朗誦仍是老一套，現場也沒翻譯，大家也聽不懂，出於禮貌聽眾們鼓鼓掌。

于連是最後一個出場的，他沒在台上，我們扭頭才發現他站在一段高高的樓梯上。他一聲不吭，我們也不知道他要幹嘛？突然，他大吼一聲從那樓梯上滾了下來，一滾到底。我感覺我的渾身都疼！而他被摔得皮青臉腫卻笑著跟無事人一樣。我心說也就是他，于連的體格高大強壯，若換成我非摔碎了不可。他的這一首詩就這樣完成了，有錄像為證。在一九八八年的法國，于連他們這群詩人就是這樣作詩的，按現在一些搞藝術的人認為這就是什麼所謂的行為藝術。可于連他們認為是詩，那就算是詩吧。

我在巴黎一直待到一九八八年的年底，這期間應邀去過義大利參加米蘭的詩歌音樂節。我好像是唯一的外國人，參加詩歌朗誦的義大利詩人倒都很傳統，年紀也沒有比我年輕的。結束後我獨自一人去了不少個義大利古老的城市，當然都有人接待，之後再回到巴黎。

這期間我還去過西班牙和英國。去英國倫敦完全是朋友邀請去玩兒。而去西班牙則是巴塞羅納自治大學開辦了一個中文班，那裡的外語學院院長是愛爾蘭人，翻譯過我的詩，所以就請我去跟學生們談談話。總之，我在巴黎待的時間最長，到了年底我忘了北島是怎麼聯繫上我的，他當時也在國外，在哪個國家我也記不得了，他跟我約好回國去，為的是我們要在北京搞個《今天》文學雜誌創刊十週年的慶祝活動。就這麼我們倆人都在十二月二十三日前趕回了北京。

回北京以後的事情我在這裡就不講了。讓我的記憶還是回到一九七九年的夏季吧。

貴州的詩人黃翔與我初次見面是幾月分我記不太清了，他來過東四十四條七十六號的《今天》編輯部，隨他一起來的還有貴州的詩人莫建剛，他們幾個人創辦了《啟蒙》社。在此之前我們對黃翔這個名字就有耳聞，在一九七八年北京西單牆剛開始熱鬧的時候，《啟蒙》社的成員就把他寫的那首名為〈火神交響曲〉的詩用大字報的形式在北京到處張貼。其中有一份還張貼到了天安門廣場東側臨時搭建的木板牆上，那裡正在施工。然後這些人便消失了。等我們創辦的《今天》雜誌出了幾期之後，黃翔突然冒出來找到了我們，我們像款待老朋友一樣還陪他去逛圓明園，有一張照片我在哪裡見過，合影的人中除了有黃翔和莫建剛，再有就是我和北島、陳邁平等《今天》編輯部的人。那次見面黃翔給我留下較深的印象就是喜歡口出狂語而且不著邊際，他跟我說什麼我們是這個星球甚至是宇宙最棒的詩人，那時幸好大家還不知道有飛碟和談論外星人什麼的，所以就任他隨便去說。他的這種自信和狂勁兒在後來更是發展到了極致，我記得好像是在八〇年代後期我還住在勁松小區呢，有一天他突然帶著貴州的一幫詩人闖進我家裡，他們宣稱他們組成了一個叫什麼「宇宙天體星團」的詩社，鬧得我都不知對他說啥好了。

我和黃翔在八、九〇年代打交道的次數還是比較多的。一九八七年在北京大學舉辦的詩歌朗誦會上見過他，隨他來的還有貴州詩人伍立憲（啞默），他們倆個人是四〇年代初出生的人，寫詩都比我們早。那次他們沒上台朗誦。我頭一次聽黃翔朗誦詩是在九〇年代，他當時和他的太太張玲，也叫秋瀟雨蘭，住在圓明園邊上一個村子裡，是貴州詩人王強租住的家。那天我去看望他們一起喝了酒，酒後黃翔詩興大發開始朗誦他的詩，說實在的聽得我心驚肉跳，他把動作、表情和聲音全用上了，有點兒歇斯底里，我這可不是說他朗誦的不好，我是覺得他朗誦自己的詩真是全身心的投入！黃翔的詩朗誦絕對是獨特的，甚至誇張到有些震撼。我想了想，在我所知道的詩人裡在朗誦詩這方面能跟他有一拚的或者說相媲美的，只有馬德升了。

三十三

在依舊還很酷熱的八月底我們開始油印《今天》第五期，在九月初印刷裝訂完畢。

一九七九年的九月九日，我們決定搞一次《今天》的讀者、作者和編者的懇談會，地點選擇在了西郊的紫竹院公園內。那時的紫竹院公園遊人不多，從東門進去左拐有一片空曠的綠草地。那天上午老鄂（鄂復明）早早地把他自製的麥克風和一張桌子擺在了草地的中央，一棵大樹的底下。《今天》編輯部的成員和作者也幾乎傾巢而動。從當時留下的照片中我認出有我和北島，還有黃銳、陳邁平（萬之）、田曉青、于友澤（江河）、甘鐵生、老鄂、周郡英、劉念春、史康城（程建立）、徐曉和黑大春（龐春青）等。我們誰也沒料到那天來到會場的讀者有那麼多人，滿草地上站著和坐著的人們在靜靜地等待著懇談會的開始。我看了看到場的人大都是北京各大院校的學生，他們是怎麼如此之快的得知這個消息挺令人吃驚。因為我們只是在幾處地方張貼過開會的消息，另外便是

1979年9月9日，在西郊紫竹院公園舉辦《今天》雜誌讀者、作者、編者懇談會。

讓在校的幾位《今天》的成員口頭通知。到場的各國駐京記者來的也不少，這樣的事情肯定少不了他們來湊熱鬧。我後來看到過我的幾幅照片都是他們拍的，其中有一幅我站在麥克風前講話的黑白照片還是在某家國外的報紙上看到的。

北島讓我主持懇談會開始，每到這種場合他總愛先把我推出去。我當時衝著大家說了什麼話我早記不得了，大意無非是《今天》文學雜誌已出版幾期了，讀者們給予的支持是非常重要的，我們舉辦這次懇談會的目的就是作者和編者希望聽聽讀者們的意見，大家互相交流一下，好讓《今天》文學雜誌越辦越好。

接下還有誰講了什麼我也記不清了，記不住的事我就不說了。然後《今天》的作者和編者便被讀者給分開團團圍住，整個現場討論和交流的氣氛還是很熱烈和嚴肅的，直到結束沒發生什麼不愉快的事。

前排左起史康城、芒克、黃銳、江河、徐曉；中排左起鄂復明、劉念春、北島、黑大春；後排左起趙振先、劉建平、周郿英、王捷、甘鐵生、陳邁平—— 1979 年 9 月 9 日《今天》編輯部成員在紫竹院公園合影。

一九七九年的九月是發生事情比較多的月分，我個人所知和親眼所見的一件事情就是黃銳、馬德升、王克平、阿城和曲磊磊幾個人在策畫舉辦一次畫展，因他們幾次聚在一起商量此事都在七十六號《今天》編輯部的小屋裡，所以我略知道一些情況。除曲磊其他幾個人我都在前面都講到過，在此我只簡單地介紹一下曲磊磊。他的父親應該有不少人都知道，就是寫《林海雪原》那部小說的作者曲波。文革中有個樣板戲《智取威虎山》便取自這部小說中的一些情節。曲磊磊上初中時也在北京三中，與我同年級只是不在同一個班。在《今天》第四期上刊登過他畫的線條畫，名為《青春、思緒》，用的名字是陸石。在一九八〇年初，《今天》編輯部決定油印幾本詩集和小說的叢書，我的詩集《心事》作為第一本先印刷出來，裡面配的插圖全是曲磊磊的線條畫。

黃銳和馬德升他們在九月分一直忙著挑選參加畫展的年輕畫家，並且還忙著給這個畫展取個響亮的名字。為了取好這個名字他們討論過好幾次，「星星」這個名字是誰首先提出來的我弄不清了，只知道黃銳非常喜歡這個名字。「星星之火可以燎原」嘛，雖說有點兒俗，但大家也想不出更好的名稱了。有了「星星」這個名字，他們便把選定參展的畫家先組成個「星星畫會」，人數從幾個到了十幾個，讓誰參加不參加基本上都是黃銳和馬德升他們幾個說了算。有一個想參展的畫家我想在這裡提一下，這人叫薛明德，

1979 年《今天》雜誌在紫竹院公園舉辦文學活動時芒克在演講。

來自四川的一個小個子。他在西單牆初期時就跑到北京，把他畫的油畫用繩子拴成一排掛在了西單牆上展覽，引來圍觀的人無數。之後他混跡於北京城一段時間，也到過七十六號《今天》的編輯部。這小子一時出了點兒名便狂得沒邊，他對北京這幫畫畫的人好像就沒有看得上眼的。我看得出黃銳對他是反感透了，所以他想參加「星星畫會」門兒也沒有，大家是堅決不同意的。再說幾句薛明德這個人，他在後來不知哪年竟然偷渡成功到了香港，再後來又去了美國，我最後一次見到他是在一九九六年的紐約哥倫比亞大學，我被邀請到那裡參加文化活動，一個小個子的身影出現在我的眼前，我定睛一看，他怎麼跑到這裡來了？他已活得被人遺忘了，這人便是薛明德。

一九七九年的九月二十七日，籌劃多日的第一屆「星星美展」終於在中國美術館東側的街邊小公園裡開展了。所有的作品，不論是油畫、版畫和水墨畫，還有木雕和石雕等全都被掛在了一排鐵柵欄上。這排尖頭的鐵柵欄裡面是中國最頂級的國家美術館，那時能在裡面展出畫作的畫家都是什麼人我不知道，想必不會很多也都是政府認可的。而這群「星星畫會」的成員在當時都是不太為人所知的年輕搞美術的人，他們的作品進不了那座殿堂就只好掛在外面的鐵柵欄上讓人觀賞。

星星美展部分成員（前排左起曲磊磊、李爽、阿城、馬德升；後排左起王克平、嚴力、黃銳、陳延生）。

那天來參觀的人數不算少，參展的作品有數十件，出自十幾位「星星畫會」成員的手。在我記憶中有一些熟悉的名字，他們是：黃銳、馬德升、王克平、阿城、曲磊磊、艾未未、楊益平、毛栗子（張准利）、李永存（薄雲）、邵飛、包炮（他的原名我不知）、陳延生、嚴力、李爽和趙剛，還有誰我一時想不起來了。這群在多年以後差不多都成了著名畫家和藝術家的年輕人，他們的作品第一次集體亮相就這樣掛在了鐵柵欄上。

三十四

那些掛在中國美術館東側鐵柵欄上的作品在第一天展出時安然無恙，並且在有力地吸引著來參觀人們的眼球。人們的面部表情在隨著每一件不同的作品變化著，尤其是王克平的那幾件木雕，其中之一竟把偉大的領袖毛主席雕成了一尊佛，讓許多仰望的人吃驚不小。其他「星星畫會」成員的作品在當時也算驚世駭俗，畢竟那年月中國在文化藝術方面還是很封閉的。

第二天的情況就大不一樣了，可謂風雲突變。上午就有人跑到七十六號的小屋告訴我們說，那些「星星美展」的作品全被警察抄走了，都被堆進了中國美術館的一間庫房裡，讓我們趕緊去看看。我趕到美術館時看到馬德升和黃銳等「星星畫會」的人正在與警察交涉，來人越來越多，全都擁擠在美術館東半部的走廊裡。

有人跟我講了當天一早發生事情的經過，說是先來了一群搗亂的年輕人，他們起鬨漫罵那些掛在鐵柵欄上的作品，這些人一看便知是故意來鬧事的，後來有傳言說這群人是還在服刑的勞改犯，當然這都無法證實也無人證實。反正當「星星畫會」的成員與他們發生衝突時，警察便到場了。警察一到那群人就消失了，警察就將那些掛在鐵柵欄上展出的作品一件不剩地全部都搬進了中國美術館的一間庫房裡。

1979 年 9 月第一次星星美展在中國美術館東側街頭公園。

這件事情引來圍觀和抗議的人越聚越多，北京幾大民刊的人也都來聲援了。但最終的結果仍舊是，警察守著這些作品死不歸還！

當天晚上「星星畫會」的幾位主要成員，我記得有馬德升、黃銳和王克平都到了七十六號《今天》編輯部的小屋裡，我和北島在，另外還來了民刊《四五論壇》的徐文利和劉青，民刊《北京之春》的呂樸，我記得住的只有這幾個人，我們在一起商量這件事情該怎麼辦？

說來說去沒什麼好辦法，唯一可行的辦法就是給北京市政府寫封信，一是表達大家對發生此事的抗議之情，二是要求政府讓警察歸還所有的作品。末了為了表示大家對此事件的憤怒，我們還在此封信裡強硬地說，如果在十月一日國慶節前得不到答覆和不歸還「星星美展」的這些作品，我們就要在「十一」這一天舉行抗議遊行！我們這麼做是在給政府施壓，其目的就是讓政府儘快解決此事。

我曾經看過王克平為紀念「星星美展」舉辦十週年時寫的一篇文章，他談到過這件事，他說我們在商量怎麼辦的時候，有人擔心並提出：我們這場仗能不能打贏？（這是原話）。這意思是說，如果北京市政府不給答覆也不解決此事，那我們就真的要去舉行抗議遊行啦，這能行嗎？王克平在文章裡寫到了我，他說芒

左起黃銳、芒克、呂樸在 1979 年 10 月 1 日為星星美展被取締舉行抗議遊行集會。

克喊道：打不贏也要打！（這也是原話）。我當時確實這麼說過，本來就是嘛，這本身就是一場懸殊的較量，我們是在跟政府打交道，但我們必須要表達我們的心情和要求，我們不能因為擔心或害怕我們贏不了就放棄了，就不敢幹啦！話都說出口了，如果政府不給答覆不解決問題，那我們該怎麼幹就怎麼幹，我們要準備好去抗議遊行，因為「星星美展」沒有錯！

給北京市政府的信送出去之後，我們便商量組織遊行的事了。為了防止發生意外，我們考慮的比較周全，這是必須的，萬一來了一批警察衝進七十六號的小屋，把這幾個組織者全都一鍋端了，那還遊什麼行抗什麼議啊！所以我們要有分工，就是要分成兩班人馬，也不知是誰提出的叫梯隊，我們分成兩個梯隊。第一梯隊留守在七十六號的小屋裡等待市政府的答覆，因我們指定答覆的地點就是《今天》編輯部，由黃銳、北島和徐文利負責。第二梯隊由我和王克平、劉青負責，我們三人要各自找一個不被別人知道的地方躲起來，如果第一梯隊的人出了事，我們就要組織遊行，不能就此了事！如果大家都平安無事，我們就一起組織抗議遊行。我們商量好定於十月一日上午九點大家在西單「民主牆」前聚集，這似乎已經預示著這次遊行是避免不了啦！

那兩天我是在哪裡度過的，晚上是在誰家裡住的，在我的記憶裡是一點都沒有了，

1979 年 10 月 1 日，為星星美展被取締舉行抗議遊行。

這也無關緊要。我只記得十月一日那天上午九點我準時趕到西單。在西單牆下我望著有越來越多的人們從東西兩個方向走來，這越聚越多的人群密不透風地圍攏住準備要發表演講的抗議者。我看到站在前面的人有「星星畫會」的成員馬德升、黃銳、王克平和曲磊磊，有《今天》的趙南、北島、老鄂和我等編輯部的成員，有民刊《四五論壇》的徐文利和劉青等人，還有許多熟悉的面孔我就不點他們的名字了。

該來的人都來了，看來我們這些人全都平安無事。那個市政府就沒有給予答覆，對「星星美展」被查抄一事採取無視。我們只好在這一天，在一九七九年十月一日國慶節這一天，這可是中華人民共和國建國三十週年大慶的日子，我們舉行抗議遊行！橫幅拉起來了，在這條用白布做成的橫幅上寫著一排黑色的大字：「要藝術自由，要政治民主。」

三十五

在舉行抗議遊行前，先要由幾個組織者進行一番演講。演講者要站在一個已備好的小方凳上，這樣可居高面對著聽眾，背景是西單牆上拉起的橫幅標語。黃銳是「星星美展」的發起人之一，這次抗議活動也是為了被查抄的「星星美展」，理所應當的要讓黃銳第一發言。他手拿著已準備好的發言稿，是寫在一個小本子上，他像個戴著眼鏡的學生，聲音有些發顫地在講述著事件的經過。也許是他太激動了，也許是他頭一次面對著這麼多的聽眾略顯緊張，他的雙腿也在微微顫抖。我就站在他的旁邊，我看得清楚生怕那個小方凳會翻了，便示意周邊的人注意點兒用腳扶住。第二位演講的人是不是趙南記憶不清了，但趙南肯定是站在那個小方凳上了。平時的他與人談話時總是柔聲細語很是紳士，沒見他動過怒。但他演講時倒是語氣挺激昂，話也說得很有分量。馬德升由於拄著雙拐就沒讓他站在小方凳上，他本身就是一個容易激動的人，演講起來更是怒目圓睜想什麼說什麼滔滔不絕。講到精采之處人們喊好鼓掌，老馬就越發語調高昂。正好有三、四個像是流浪兒的七、八歲的孩子擠到了前排，他們臉上髒兮兮身體精瘦但肚皮卻鼓鼓的。老馬一看就指著這群孩子開說了：你們瞅瞅這些孩子，他們多麼可憐！你們看看他們的肚子，別看一個個都鼓鼓的，可裡面裝的是什麼？全都是白菜幫子！這幾個來看熱鬧的孩子也不知怎麼回事，聽著覺得好玩兒就跟著傻笑起來。老馬的演講結束以後還有誰上凳子上講了我想不出來也就不說了。我是最後一個站上去的，我是在宣讀一封大家共同起草的抗議書，念完之後我宣布抗議遊行開始！瞬間場面就變得更加熱鬧！

由「星星畫會」的成員打頭，馬德升拄著雙拐走在最前面。王克平和曲磊磊一邊一個舉著竹桿拉起的橫幅「要藝術自由！要政治民主！」這次抗議遊行的組織者全走在前面的隊伍裡，這個隊伍裡還包括《今天》編輯部的成員和各個民刊自願來參加的骨幹，大約二、三十人吧。那跟在

趙南在抗議會場上演講。

馬德升在抗議會場上演講。

後面走的人可就多了去啦，什麼叫浩浩蕩蕩？這遊行的隊伍走上長安街時真可謂浩浩蕩蕩。少說也有幾千人的潮流滾滾湧向天安門方向！

《四五論壇》這個民刊的召集人之一徐文利，看上去就像個工廠裡的知識分子，也很像一個搞工人運動的老手，他走在隊伍的邊上不時地帶頭高呼著口號，基本就是橫幅上寫的那兩句話，大家都跟著喊，口號聲響徹長安街。

很快就要走到府右街路口了，中南海高大的紅牆已近在眼前。突然，真是突然，也不知從哪兒冒出一片白花花的警察，那時的警察都穿一身白色的制服，頭戴白色的大沿帽，估摸有四、五百人。他們排成幾排攔在長安街上，攔住了遊行的隊伍。這場面確是令人挺震驚的，彷彿天降神兵。但更令人震驚的是，這幾千人的遊行隊伍瞬間就像退潮的水一樣，我回頭望去後面的人群已四散奔逃，都後撤到百米開外，只留下我們前面這二十幾個人，像退潮後露出來的礁石。

一個歲數比較大的警察衝我們擺手示意讓我們停下，他顯然是這一大片警察的總指揮。令我們誰也沒料到的是他並沒有指揮警察把我們這些帶頭遊行的人抓起來，我心想他們若是想把我們抓起來是輕而易舉的事，幾個按住一個全都扔上警車，這遊行也就結束了。而這位歲數大的警察倒嚴正地向我們講明了在北京市遊行的法規，大意是要聽從他們的指揮，不許走中南海的門口，更不能穿過天安門。他讓我們從府右街的街口向右拐，向南邊走，經過北京音樂廳，走到前三門大街上去。

我們沒什麼可反對的，只要讓我們遊行就行，我的目的是要走到北京市政府提交抗議書，市政府座落在王府井大街南邊的那條街上。

我們走到和平門，然後向左拐，向東，繼續沿著前三門大街向前，我們抬頭已能看見前門樓子了。馬德升始終走在頭一個，他拄著雙拐步伐還挺快，他一臉嚴肅的表情目光堅定且直視前方。這段路程可夠遠的，老馬似乎也不覺累。隊伍中仍舊不時地發出口號聲，吸引著大街兩邊的人們吃驚地眼神。我們終於走過前門樓子了，從兩座巨大的城門樓之間穿過。大家都知道北面就是天安門廣場，但此時什麼都看不見。前邊就是正義路的路口了，走過去下一個路口左拐便是市政府所在地的那條街了。一路沒發生任何事也沒再受到阻攔，我們這個已擴大到上百人的遊行隊伍順利地進入了市政府的大院子裡，居然也沒受到阻攔！

芒克 1979 年 10 月 1 日為星星美展被取締舉行抗議遊行，在現場宣讀抗議書。

我曾在一本雜誌或是一本書上看到過我們聚集在市政府大院裡的照片，我坐在最上面的台階上，肯定是走累了。劉青站在台階上面對著下邊的人群在講著什麼。照片裡還有王克平等人。我們三個人是當時定好的組織這次遊行第一梯隊的組織者。那第一梯隊的那三個人呢？他們三個人黃銳、北島和徐文利，在進了市政府大院後，便作為代表上了政府大樓去遞交抗議書啦。

我們在等著他們三人下來的這段時間便留下這些照片了。

沒等太久的時間他們三人便從樓裡出來了，我們幾個碰了下頭，抗議書已經遞交上去，遊行也遊了，咱們見好就收吧，立即宣布抗議遊行結束，大家解散！

散了夥的人群各奔個的去了。我們這些遊行的骨幹，有「星星畫會」的成員，有《今天》編輯部的人，有幾家民刊的負責人，我們都又累又餓，大家便商量好去一家飯館吃頓飯。我們走進王府井大街，那時的王府井不是現在的樣子，如今的新東安市場根本不存在。在六〇年代的時候老東安市場全是低矮的門面，一間一間的小店鋪在一條小街的兩側，賣什麼東西的都有，很有一種老北京的味道。到了文化大革命的時候不知哪位拍馬屁的人給改成了「東風」市場，我們遊行的這一年還叫「東風市場」呢，我們就在這個市場一座小二樓上的飯館裡吃上飯了。

1979 年 10 月 1 日，在北京市政府院內。

大家都為這次成功的遊行很開心，因為我們說到做到而且遊成了！在吃飯之間忽然有個人跑進來告訴我們，也不知他是哪個民刊的又從哪兒得到的消息？他說北京市公安局也準備好了足夠的警車和警察，我們再晚半個小時解散就全都會被抓進去！哈哈是真是假？管他呢！

三十六

關於「星星美展」之事暫且不說，因為遊行雖遊了但此事還並沒了結。

我們繼續忙於《今天》雜誌的事，在十月初我們又重新油印了《今天》的第一期（創刊號），大約有一千本。因當初印的數量太少了，這是應讀者的要求加印的，想看到的人太多。可我們的印刷能力實在有限，能印出這一千本真算是盡力了。

在十月分的下半個月，《今天》編輯部又舉辦了第二次詩歌朗誦會，地點還是在玉淵潭公園八一湖畔的那片樹林裡。這次朗誦會有點兒對當局抗議的性質，因為已有傳聞要對另一個民刊《探索》的主編魏京生進行審判。老魏是在半年前被公安局抓起來的。這次舉行的詩歌朗誦會我就不想細說了，因在我的記憶遠比第一次要淡漠的多。

老魏果然被審判了，關於他的事我在此就不講了。我只講一下這件事牽扯到了我們《今天》編輯部的成員，到底是怎麼回事呢？

對老魏的審判被稱為「公審」，允許一些媒體和其他什麼人進去旁聽，但有限制。「星星畫會」的成員曲磊磊，我不知道他是以什麼身分進去的，而且他還把全部的審判錄了音。這錄音帶轉交到了七十六號的小屋裡，讓大家聽聽。當時民刊《四五論壇》的另一個召集人劉青住在這個小屋裡，他是劉念春的親哥哥，在陝西的某個地方某家工廠工作，他因病到北京來休養就住在他弟弟的家，七十六號的小屋是劉念春的房子。劉青在此期間便同徐文利等人辦起了《四五論壇》。

這盒審判老魏的錄音劉青聽了之後想整理印刷出來，他說他會以《四五論壇》雜誌的名義發表，不牽扯其他刊物。我們不能阻攔就隨他了。這份根據錄音整理印刷出來的審判材料是在七十六號小屋裡印刷的，印好之後，劉青在沒跟我和北島打招呼的情況下，私下讓《今天》的成員龐春青（黑大春）和「星星畫會」的成員陳延生兩個年輕人拿到西單牆去散發和賣。這一下可出事了，黑大春和陳延生在西單牆被警察抓起來關進了拘留所。我和北島還有《今

換了封面的《今天》第一期。

天》編輯部的主要成員聚集在七十六號小屋裡，我們責問劉青這件事情怎麼辦？並表明了我們的態度：你——劉青，要承擔責任。劉青也自知發生此事應該怪他，他這個人也是個敢於擔當的人，就向我們保證，他會去公安局講明這件事，爭取把黑大春和陳延生交換出來。

劉青當天就去公安局「自首」了，他這麼做是值得稱讚的，這叫大丈夫敢做敢當，不能去連累別的人。結果是這樣：黑大春和陳延生兩位年輕第二天被放出拘留所，而劉青則出不來啦。他這一關時間可就長了，先被判刑送回他的工作和戶籍所在地陝西一個什麼地方的監獄裡，後來又加刑總共在監獄裡關了十年。

而老魏被判刑十五年，關押在北京的一所監獄。這都是發生在一九七九年十一月分的事情，此時的北京城已進入深秋，天氣漸漸變涼了，已感到冷風颼颼。

在這裡我還要講講劉青進監獄一年以後發生的一些事，因為他又牽扯到了我們《今天》的兩位成員，一是他的弟弟劉念春，二是小英子（崔德英）。這已是《今天》文學雜誌被迫停刊以後的事了，我們還沒有完全撤離七十六號。有一天來了位陌生的陝西人，他說他要找劉念春。他還說他是剛從陝西的一所監獄裡刑滿釋放出來的，與劉青曾關在同一間牢房。這人歲數並不大，也就三十歲左右，是個說話帶有陝西腔調的青壯男人。

他神神祕祕地說有封信要交給劉念春，當時劉念春不在，我讓那個人把信留下他就留下了。等劉念春來時我告訴了他，他拆開看是他哥哥在那邊監獄裡寫的一篇文章，講述的是他在監獄裡的遭遇。劉青好像還囑託他弟弟把這篇文章讓外國記者公開，劉念春跟我講了，我希望他要謹慎。

之後過了有一段時間，我已把這事淡忘了。看來劉念春還是把劉青寫的文章交給了外國人，至於交給了什麼人又是在哪家報刊發表的我們不知道也沒看到，但肯定是刊登出去了。因為受此事的牽連劉念春也被抓進了監牢。那一年是哪一年我記不準確了，反正是八〇年代初的事。再後來我們又聽說劉青也因他寫的這篇文章被加了刑期，是這麼的他在監獄裡關了十年。

關於小英子（崔德英）是怎麼牽扯到這件事情裡的，具體情況我不清楚，這事劉念春應該知道。我們只知道她與劉念春前後腳被抓起來的，在拘留所裡關了多日。等她放出

1979 年芒克和劉青（左）。

1979 年油印魏京生審判材料。

來後整個人都變了，見人說話都顯得緊張，而且也有點兒語無倫次。見她這樣我們也不想過問太多。在那段北京城所有民刊被封殺後的日子裡，又有那麼多參與辦民刊的人被抓，怎麼形容好呢？真有點兒風聲鶴唳的感覺……

三十七

讓我的思緒再回到一九七九年的年底。在十二月末，我們堅持油印出了《今天》文學雜誌的第六期。這一期發表的作品雖然仍以詩和小說為主，但還重點推出了「星星美展」前言；和一篇筆名為韭民寫的文章〈二十小時的星星美展〉及「星星美展」部分參展作者談藝術。為的是告訴大家不要忘記這次事件。

一九七九年是在寒冬到來時結束的又迎來了更加嚴寒的一九八〇年初冬。一月分，在北方，這是個生活在北方的人都知道的冰天雪地的季節。

為了提高我們油印《今天》雜誌的速度和質量，我們努力在尋找更好的油印機。老鄂在他寫的〈七十六號小屋的編輯部〉這篇長文裡說到過此事：「油印技能的困厄使得《今天》的出版工作舉步維艱，於是竟然異想天開地尋求購置手搖速印機，那可是與鉛字打字機同屬國家嚴格控購的設備。整個購置速印機的過程都是在低調祕密的狀態下進行……我們太清楚此舉的任何閃失，對《今天》的打擊都將是致命的。購置手搖速印機是《今天》辦刊史上的一件大事，為購置速印機投入約二百八十元資金，這筆源於讀者訂閱款的資金相當於當年普通職工半年多的收入。」老鄂又寫到：「後來《今天》的一位讀者，聽說是『文革』中受到整肅的關鋒的兒子，幫助聯繫到他在山東德州師專讀書的遠郊夏津縣農機廠生產的一台展銷會參展機。由於沒有多餘的人手可以數日外出，只好讓芒克一個人去德州提取。在那尚未發放身分證的年代，只好冒用《今天》成員周郡英單位介紹信。記得我和北島去北京站為芒克送行時，他倆在站台上那很洋氣的擁抱……」

我這人獨自一人走過的路和去過的地方多了，山東的德州離北京不算很遠，到那裡走一趟對我本是小事一樁。但這回出門我可是肩負重任去辦一件大事，我要去為《今天》安全取回一台國家嚴格控購的手搖速印機。問題還有我要找到提供速印機的人與我素不相識，只有一個不很詳細的地址和人名。當北島和老鄂把我送上那列綠皮車廂的火車，我就猶如作夢一般地奔往了德州。

那年月的德州破舊不堪，那年月所有中國的中小城市都是這種景象，貧窮而又落後。本就沒聽說過出租車這三個字，小轎車是難得一見。在德州三輪車人力車什麼都沒有，公共汽車我也看不見找不著車站。全靠兩條腿走路，走的我兩腿麻木已覺不出累了。我手裡只有一張紙條，上面寫著一個沒有街名和門版號碼的農機廠地址，我逢人便問，回答我的都是搖晃的腦袋。我的肚子讓我餓得兩眼直冒金星，我的眼睛指引著我必須去尋找食物！不然我就快暈倒了。突然我眼睛裡的金星全部消散，我看見一家小店鋪的門窗上寫著德州扒雞幾個字。這德州扒雞可是太有名了，我曾在北京吃過，我心說我必須吃它一隻，到了德州不吃德州的特產那真是白來一趟。還好老鄂給我的旅費夠用，留好購買手搖速印機的錢和回去的火車票錢，餘下的我可以大吃大喝一頓。買好一隻扒雞又買了半斤劣質白酒，我便坐在小店鋪門前的凳子上吃喝起來。我吃得那叫一個香！還招來不少路人直勾勾的眼光。那年月能獨吞一隻德州扒雞的人確實不多，我這麼個吃法令人眼饞可以理解。吃飽了喝足了我繼續走路，還別說一隻扒雞下肚人就是有勁兒多啦！

總算碰到一個不搖頭的，他知道那個農機場給我指了指去的方向，他說沒多遠要走五里地吧，我聽了差點兒讓那隻扒雞在我肚子裡變成一隻活雞再從我嘴裡飛出去！

天色漸晚我找到了那個農機廠，打聽到我要找的人，他住在附近一片紅磚蓋的平房裡，那是職工的宿舍。這個其貌不揚的男人是不是關鋒的兒子我也不知道，只要他讓我見到手搖速印機並讓我拿走，就算完事。他神神祕祕地跟我說了些什麼我早記不住了，就連他這個人再讓我遇到我也不會認出來。他從屋裡搬出個紙箱子讓我驗收，我看沒錯也不試好壞交給他錢拎起就走。因為我還要趕到火車站，趁著天沒黑登上開往北京的火車，路途不近我心急啊，這手搖速印已在我手裡半路可別出了啥事！

多虧那時我還年輕手拎著這十幾斤重的紙箱還能走那麼遠的路，也多虧那隻德州扒雞在我肚子裡讓我雙腿有了力氣，我終於在天黑時趕到了火車站，不論哪趟火車只要是開往北京的越早越好，我買了票上了火車，當我坐在座位上時我心裡頓時踏實了，可渾身已軟弱無力……

火車氣喘吁吁地駛進北京站，那時的火車大都還是燒煤的蒸汽機車，真是名副其實的火車，速度慢不說，還大小站都停。我也沒有手錶根本就不知道時間，反正寒冬的季節天色黑得早，我下火車走出車站的時候感覺頭頂上的天空就像一口大黑鍋，暗無星月。只有車站廣場上的路燈在昏黃地閃爍。從路燈下猛地朝我衝過兩個人，不是警察什麼的也不是搶劫，而是劉念春和路林。他們在出站口的廣場上已等了我很久，已看了太多到京的旅客出站消散，這下總算是把我等到了。因為我在去德州前我們就已經約定好，不論我取回取不回手搖速印機我都要在當天晚上趕回，別讓大夥擔心我出了啥事。我平安歸來任務完成，勝似親人般的朋友雖說只有一天不見，也感覺好像久別重逢！

回到七十六號《今天》編輯部的小屋，老鄂和北島等眾人都在焦急地等待，見我完好無損地把這台手搖速印機帶回，他們齊聲稱讚我立了大功。老鄂著急地打開紙箱想看看這台機器啥樣？我卻嚷嚷我這肚子可還餓著吶！的確也是，我這一天除了吃過那隻德州扒雞，到這時候那隻雞連骨頭都早被我的胃給消化沒了，之後一路上我真是水米沒進。老鄂一聽趕忙用手指指桌上說，早為你準備好啦！可不是，桌子上已擺滿一桌酒菜，這在當時對於我們來說真算是豐盛了。北島接著又說，我們都在等著你為你接風吶！

三十八

順便再說一說，老鄂寫的那篇〈七十六號小屋裡的編輯部〉還曾提到，他後來通過從上千封讀者來信裡查找和各方了解，幫助我們買到手搖速印機的人叫關建軍，就是關鋒的兒子。他那年是在德州師範專科學校上學，也是《今天》雜誌的讀者。老鄂還從一位叫吳三元的口中證實，關建軍曾是他的學生，但吳三元不知道購買手搖速印機一事。吳三元是文革前北京大學的學生，寫詩，他的一首〈船〉曾發表在《今天》第五期上，用的筆名吳銘。吳三元還說他和關建軍曾與我在一起喝過酒，是哪年哪月在哪裡我想不起來了，我也想不出關建軍和那個交給我手搖速印機的人是不是一個人？因為年頭太久我確實記不住他們倆個人的長相了。

一九八〇年的一月分，《今天》編輯部決定油印出版一批《今天》叢書，第一本選的是我在一九七八年油印的詩集《心事》。以那本詩集裡的詩為主又增加了一些後寫的詩，封面用的就是《今天》雜誌的封面。印刷這本叢書時我還沒有去德州取回手搖速印機，老鄂就委託東城區北新橋的一家謄印社去印。北新橋離東四十四條七十六號只有一站路，也不知老鄂是怎麼聯繫好的，而且還跟人家關係搞得挺好，收的費用我們也還能承受，關鍵是這樣就讓我們省大力氣了。但自從我取回手搖速印機後，我們就不再去謄印社去印了，畢竟要花錢的。《今天》的錢也不多，大都是訂閱刊物訂戶預付的錢。我們還是自己動手去印刷吧。不過打字蠟紙還是讓老鄂交給謄印社去打，人家打得快也打得好，收費也不高，省得我們四處託人幫忙了。

從一九八〇年的一月至八月，《今天》的叢書一共出版了四本，除我的詩集《心事》外，四月分印出了北島的詩集《陌生的海灘》。六月分印出了江河（于友澤）的詩集《從這裡開始》。這兩本詩集的封面沒用《今天》的封面，是「星星畫會」的人設計的。裡面有沒有插圖我記不得了，我只記得我的那本詩集裡有插圖，是曲磊磊畫的幾幅線條畫。八月初，北島的中篇小說《波動》油印出版。

《今天》文學雜誌的第七期是在一九八〇年的二月分印刷完畢的，這一期是短篇小說專輯，選用了八位作者的作品。忙完這期短篇小說專輯後，我們可以輕鬆兩個月了，因《今天》雜誌是雙月刊，下一期要到四月分出，我們正提前打算再出一期詩歌專輯，這樣這段時間我們只要徵集好詩歌稿件就行了。

從一九七八年底創辦《今天》開始到一九七九年全年，我們大部分時間都在忙於辦刊物或舉辦和參與一些與文學藝術有關的事情，閒暇的時日不多。到了一九八〇年初我們已出版了七期《今天》文學雜誌了，大家都很疲勞，也應該放鬆放鬆了。我們放鬆的方式也很簡單，一是組織編輯部的人員和與《今天》有關係的朋友們一起去郊外遊玩，二就是大夥兒聚在一起喝酒或去參加一些聚會。我在老鄂寫的那篇〈七十六號小屋的編輯部〉文章裡讀到一段描寫我們在法國大使館參加酒會的事，那是在幾月分忘了也不重要，因從我們辦《今天》之後與我們往來的外國朋友越來越多，以法國、英國、義大利、德國和美國人居多，他們會時常邀請我們參加他們舉辦的聚會或聚餐，尤其是在聖誕節期間或是在他們本國的某個節日時，我們這些人聚在一起少不了的就是喝酒。

說到喝酒我在這裡只談至今還讓我記憶清晰的三件事。其一就是老鄂所說的那次從法國大使館歸來，我們每個人都喝了太多的各種洋酒，走路都晃晃悠悠的。老鄂其實酒量不錯，他曾在內蒙古插隊不少年頭兒，喝個半斤八兩白酒是沒問題的。可這洋酒他是頭一回喝，當場看不出他喝多了，但等我們走進東四十四條那條長長的胡同裡，距七十六號還有百八十米的時候，他突然像發了瘋似地大叫著一往無前地向前狂奔，那速度驚人，又是夜深人靜，我生怕他出啥事便在他身後猛追。我是想讓他停下，我也肯定是酒喝多了，我就不知道我越是追他越是跑！大半夜的我倆在胡同裡賽上跑了，跑了大半條胡同，我終於把他追上了，倆人累得都快喘不過來啦！說來也巧，我抱住他的地方是個大煤堆，堆在路旁的一個大棚子下，老鄂見我把他抱住用力地一甩，我們倆人同時一頭扎進煤堆裡，想想我倆當時的樣子吧，全都成了煤黑子！誰也認不出誰了，只聽得出對方的聲音。這一摔還不錯把我倆摔得清醒了些，他盯著我，我盯著他，老鄂認出了我，而後我倆互相攙扶著像兩隻熊瞎子搖搖晃晃地走在半夜的胡同裡……

還有一次喝酒是在七十六號的小屋裡，劉念春和王捷倆個人較上勁了，比著誰能喝。這隻大螃蟹劉念春身體壯酒量大，從沒見他醉過。而王捷是個又高又瘦的人，看著他會覺得來一陣大風都能把他颳倒了。這二人比起喝酒來肯定不會是兩敗俱傷，只是看王捷能堅持多久了。他們喝著當時價錢最便宜的佐餐葡萄酒，這種酒現當今早已絕了蹤跡，實在是太劣質啦！他們二人對著瓶喝，一口氣喝一瓶。一瓶下肚之後倆人都還正常，第二瓶灌進肚裡之後王捷便擺手不喝了。沒過一會兒可就慘了，王捷像噴血一樣把喝進去的酒全都吐了出來，真的是分不出是酒還是血，把我們在場的人都嚇壞了，可別出了人命！大家趕緊拿來盆接著又扶他斜靠在床上，那叫一個不停地吐啊！吐了整整一個晚上，最後把膽汁都吐出來了，吐的是綠色的液體，變了顏色，我們能不擔心嗎？而劉念春倒啥事沒有，只是臉色發紅，真像隻被煮過的螃蟹。到了第二天中午王捷才緩過來，還算是沒出大事。不過從這次他被酒傷害以後，他就再也不喝酒了，都三十多年已過他真是滴酒不沾，可見這酒是徹底把他傷透了。

再說說我醉酒後的一件事，唐曉渡曾在他寫我的一篇文章裡講到過，說我喝多了酒大晚上的站在王府井大街十字路口上面對著空無人跡的街道演講：詩人，什麼詩人，中國有詩人嗎？……大概意思是這麼個話。我當然是不知道自己醉酒後說什麼了。我只知道這件事情發生在一九七九年我們出版了《今天》雜誌第二期之後，我們在西單牆等地方張貼完刊物已到了晚上，編輯部的成員便到當時還叫東風市場的北側二樓一家餐廳聚餐。大家都很勞累就要了兩瓶二鍋頭喝上了。我從來就沒有過像那天一樣醉得那麼快，這可能是我肚子裡沒食的緣故，我們中午飯就沒吃。我從椅子上出溜到桌子下的那一刻我還有點兒意識，再後來就啥也不知啦。聽在場的劉念春、老鄂和北島他們過後講，我還確實站在大街上一通講了些什麼，不僅如此我還站在大街上撒尿。雖說當時是冬天街上行人已經稀少，他們還是把我圍在中間讓我撒尿。北島還說我一副醉鬼的樣子怪嚇人的衝散了幾對情侶，我心說這都是你們在說，反正我是人事不知了。他們見我實在已無法行走，便不知從哪裡借來一輛三輪平板車，我被抬到板車上由劉念春按住，他勁兒大怕我折騰摔下去，另由別人騎著三輪板車，可能是老鄂。就這樣我躺在板車上被他們拉回了七十六號的小屋裡。早已沒有了對寒冷的記憶，只留下一些喝醉酒的故事。

三十九

關於一九七九年至一九八〇年我們在辦《今天》雜誌期間組織過幾次郊遊，如去過房山的雲水洞、十三陵附近的溝崖，還有香山和八大處等，在此我只講講去雲水洞吧，其他幾處就沒必要說了。去房山雲水洞那次主要是舒婷從福建鼓浪嶼來到了北京，是這兩年的哪一年幾月分我是完全沒在記憶裡存住，只知道她是來參加中國作家協會下面辦的《詩刊》舉辦的首次「青春詩會」。舒婷是唯一一個在《今天》雜誌上發表過詩的女詩人，從《今天》創刊號就開始出現，而且也是唯一的沒生活在北京的詩人。我好像講過她是經由老詩人蔡其矯介紹給北島認識的，但北島之前只認識她的詩不認識她這個人。北島那時特別想知道舒婷這麼個有才的女人長什麼樣兒，與她通信索要過照片，舒婷倒沒拒絕寄過來一張，北島拿給過我看，我倆仔細看了半天也看不出她倒底長啥模樣兒，那張照片的人是模糊的，而且還只露半邊臉。這更加使北島好奇更想知道這個女人的真實面目。我記得他有一次私下裡跟我說，問我願意不願意跑到福建一趟，沒別的事就是看看舒婷長啥樣兒。我想不起我為啥沒去，可能是因為我們辦《今天》雜誌事情實在是太多了，因此錯過了一回走一趟福建廈門鼓浪嶼的機會。不過到了一九八一年我還真是去了趟鼓浪嶼，但那會兒我們與舒婷已經見過面認識了，這事暫且不說。

1979 年《今天》編輯部舉辦郊遊（左起王克平、芒克、北島）。

舒婷到北京來對於我們《今天》編輯部算是一件大事，我們迎接她並陪著她到房山雲水洞去遊玩可謂傾巢出動。有張照片記錄了那次參加郊遊的人，有我和北島，有老鄂、周郡英、陳邁平、趙南、徐曉、于友澤、甘鐵生、黑大春、陳延生和黃銳，還有沒在照片裡的星星畫會的成員馬德升、嚴力、王克平和曲磊磊等人，這次郊遊是去的人數最多的一次，有三十人左右，可見我們對舒婷的接待是多麼隆重。對了我忘記這次蔡其矯去沒去，因我們每次去郊遊幾乎都少不了這位蔡老。老蔡總是隨身帶著照像機，給姑娘們拍照是他的一大樂趣。

現在我再順便說說一九八一年我去福建的事，我到那裡去算是暫時避避難吧。因為《今天》雜誌被迫停刊後，我離開七十六號的小屋沒了住處，只好又找到呂曉林在他那間煙囪下的屋子裡住了些日子。呂曉林曾經去過福建，他在那邊結交了幾位朋友。有一天他便建議我還不如到福建去避避，二來也散散心。我聽後毫不猶豫地答應了，第二天便起程趕往火車站坐上了南下的火車。我先是到了福建的三明市，拿著呂曉林給我的地址找到了住在三明鋼鐵廠宿舍一個叫何偉的人。這何偉工作在鋼鐵廠比我小幾歲，他習武喜好拳腳，結交這方面的朋友也多。也不知呂曉林跟他介紹過我什麼，他好像生怕我會出啥事每天都會讓他幾個徒弟守護著我，只要我出門或去哪裡遊玩那幾個小兄弟是形影不離。尤其是他那個親弟弟，也就十五、六歲，人很憨實，練一手飛刀，時不時我就會見一把刀從他手裡飛出去，他眼裡總有目標，多半是棵樹，扎上去又準又狠。何偉這個人也是個酒徒，每頓都喝，喝多了會舞動拳腳，他的功夫確實不錯，人見了都要躲他遠點兒。與他們相處半月有餘，這期間他的幾位徒弟陪我去遊玩了一趟永安，轉了轉老街巷，吃了吃當地的美食。返回時還經過一座叫一線天的山，從岩石縫裡爬了上去，看下面一條奔流的江。這段時間我還結識了一位住在三明市的名叫崔晟的詩人，他說他認識舒婷。他還問我願意不願意跟他去他的家鄉安海走走，我很樂意就隨崔晟去了福建安海。這一趟他還帶我去了石獅、晉江和泉州市，這些地方都靠著大海。那時福建沿海已興起走私貨物，在石獅崔晟買了塊名牌走私手錶送給我，可這塊錶沒幾天錶針就死活不走了，原來是假貨。我在福建沿海發覺自己在那一帶完全是個外來人，閩南話聽不懂不說，走到哪裡人們都會用異樣的眼光瞅著你，我就納悶了，想裝成個本地人根本沒戲。我心想若是在此地想找到我太容易了，就別說什麼在這地方避難了！幸好沒有任何事情發生。跟崔晟遊玩了這幾處小城數日已過，我告訴他我想去趟廈門，到鼓浪嶼去見見舒婷。而崔晟要回三明沒與我同去，我們二人分手後我獨自前往也不知能否找到舒婷。

乘長途汽車總算到了廈門，又坐輪渡過海踏上了鼓浪嶼這座美麗的海島，上面滿是舊時留下的洋房。舒婷家在中華路上，其實是一條小巷。她家住的那棟紅磚洋樓看上去已經歷過太久的年月，給人一種滄桑感。這棟小樓裡的住戶不止舒婷一家，看得出早已沒了洋樓原先的主人，住戶一定都是後來搬進的。

真是運氣太好舒婷正巧在家，她沒想到我會突然從遠方跑來找她，能看出她一臉驚訝又驚喜。她先是帶我到樓上一間屋裡見她的父親，一位樸實話語不多的父親，給我泡上茶，當地人是離不開茶的，一把小茶壺裡塞滿了茶葉，倒出的茶水色濃味濃。舒婷的父親幾年之後被他女兒帶到過北京，我和北島，還有顧城他的父母，我們陪著這父女倆遊玩過北海公園，留下了照片。

吃過舒婷父親做的飯菜，真是美味，沒法形容。我一直沒問過舒婷她的母親在哪兒，她不說我也不好問，只覺得只有她與她的父親在一起過活。舒婷那時候已交上一個男朋友叫陳仲義，後來倆人結婚直到現在。陳仲義是個詩歌理論和詩歌批評家，不過當年我與他沒見到。舒婷倒是帶我去過陳仲義的家裡，整個一棟小洋樓全是他一家的，裡面樓上樓下的房間挺多，我開玩笑對舒婷說這棟小樓以後也是你的。

舒婷那時自己有一間房獨住，在她父親房間的樓下一層，打開門走下台階便是院門。我來了她晚上就睡在她父親的屋子裡，她的房間讓我住。在多年以後當她邀請我重返鼓浪嶼參加詩歌節的時候，回首往事她也玩笑地對我說你可是睡過我閨房的第一個人啊……

在鼓浪嶼的這幾天舒婷帶我遊逛了全島，她還帶我去廈門大學的海灘上拾過貝殼。有兩位在島上一所學校上學的年輕詩人說是她的學生，一位名叫呂德安，另一位叫金海曙。那次呂德安回福州的家裡去了，舒婷就讓金海曙帶我去了趟離廈門不遠的集美，在那裡有位名叫陳家庚的華僑捐建了集美大學。

告別了舒婷和鼓浪嶼，我又重返福建的的三明市，因為我也要同何偉等朋友告個別。在三明的最後一餐大家都喝得醉熏熏的，完後我還要趕當晚的火車回北京。我見何偉醉得那樣子就讓他不要送我去火車站了，可他非要去誰也攔不住。他的一個徒弟騎著自行車載著我，而何偉騎著一輛自行車帶著我的一個裝著衣物的手提包。我們三人在天色已黑的路上晃悠著騎行。走了一半路我就已看不見後面跟著的何偉了，怕趕不上火車我們只好走我們的。到了火車站我上了車也沒見何偉的影子。火車已經起動了他的徒弟便衝我喊：等我們誰去北京把包給你帶去！我揮揮手對他說，我不要啦！

數日後得知，何偉酒醉把自行車騎進了路邊的溝裡，更讓人哭不得的是他躺在溝裡頭枕著我的手提包睡著了……

四十

一九八〇年的四月，《今天》雜誌第八期詩歌專輯出版。在這一期上發表詩作的有十六人，名單如下（我知道原名的會注明）：飛沙、舒婷（龔佩瑜）、嚴力、食指（郭路生）、小青（田曉青）、方含（孫康）、南荻、北島（趙振開）、程建立（史康城）、易名、古城（顧城）、芒克（姜世偉）、白日、晨星（馬德升）、凌冰（趙南）和江河（于友澤）。這其中有幾位都是第一次在《今天》上發表詩。

另外，四月分我們還油印出版了作為《今天》叢書的北島詩集《陌生的海灘》。到了六月分我們又油印出另一本《今天》叢書江河的詩集《從這裡開始》。

我們這兩個多月幾乎沒有空閒的日子，每天都在七十六號的小屋裡忙於印刷，餓了就煮麵條吃，這段時間來過這裡的人都知道，到七十六號給《今天》幫忙幹活的只管麵，每頓都是麵條，吃的我直到現在誰要是說請我吃碗麵我都會跟人瞪眼！吃碗米粉還行，

江河《從這裡開始》油印版。

我改吃米粉了。

一鼓作氣，我們在七月分又油印出《今天》雜誌第九期。這一期的內容比較豐富，有萬之（陳邁平）的短篇小說〈城市之光〉和〈惡耗〉；有夏歌（陳凱歌）的小說〈假面舞會〉；有肖迪的〈一個孩子死了〉；有石默（北島）的短篇〈稿紙上的月亮〉。還有翻譯作品〈步入永恆〉，這篇小說出自美國作家小庫爾特‧馮尼格特的手筆。為此我們還請阿城寫了篇文章：〈《今天》短篇淺談〉，用的筆名是韭民。這一期頭一次刊登了詩人談詩〈答覆〉。另附有徐敬亞寫的一篇文章：〈奇異的光——《今天》詩歌讀痕〉。徐敬亞當年也是來北京參加《詩刊》舉辦的第一屆青春詩會，他到過《今天》編輯部，我們短暫地見過面。在《今天》第九期上又有夏樸（黃銳）、洪荒和楊煉加入到發表詩的行列，至此，在《今天》文學雜誌正式出版的這九期刊物上發表作品的作者就到此為止了，因為到了九月分沒等到我們油印出下一期《今天》，北京市公安局就勒令我們停刊不准再辦了，理由是非法，這事我在後面再說。

楊煉在《今天》第九期發表的詩為〈我們在自己的腳印上〉，這是他第一首刊登在《今天》雜誌上的詩。當雜誌停刊後我們陸續又油印出三期《今天文學研究資料》，對外宣稱是內部交流不出售。我記得在資料之一上又刊登了他的〈藍色狂想曲〉，在資料

左起多多、芒克、楊煉拍攝於 1993 年 2 月德國柏林藝術節。

之三上刊登了他寫的〈烏篷船〉。

楊煉在一九七九年至一九八〇年上半年與我們交往不多，我記憶中與他頭一次見面是在北海公園內的畫舫齋。那是在「星星美展」第一次展出被取締後的事，具體的日子我忘了，北京當年有個「四月影會」，他們在畫舫齋舉辦攝影展覽。有人引薦楊煉與我們認識，這人是不是王克平我記不清了，因為他們倆個人都在中國廣播藝術團工作，而且也都是搞劇本和歌詞創作的。從那以後我與楊煉見面很少，直到一九八〇年下半年，尤其是《今天》停辦後我們又組織《今天》的作者成立了「今天文學研究會」，楊煉是會員之一，我們時常在趙南家住的那個小院裡舉辦文學研討會，那會兒我們便見面多了。

我和楊煉交往比較密切的時間是從一九八七年開始，這段往事我在此順便要說一下，因為我與他還有唐曉渡在那一年的年末一同商議成立「倖存者詩人俱樂部」，決定此事的地點就在楊煉的家裡。當年我們三個人都住在朝陽區的勁松小區裡，唐曉渡家在三區，我和楊煉住在四區，樓挨著樓，所以我們經常會聚在一起。商議成立「倖存者詩人俱樂部」是在冬天，我們主要的想法是把在北京的年輕詩人聚集成一個團體，並

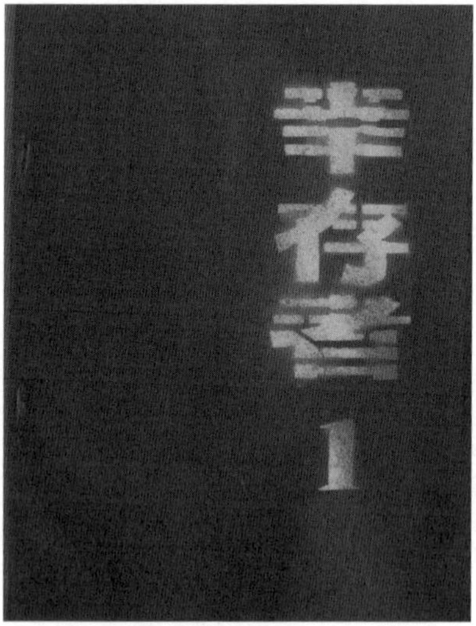

《倖存者》第 1 期油印版。

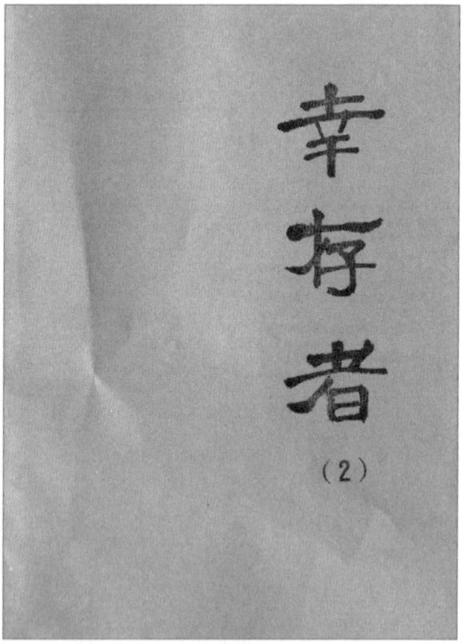

《倖存者》第 2 期油印版。

且出版自己的詩刊。我們三人達成共識後就要給這個團體取個名字，我不知我的記憶是否有誤？「倖存者」這個名字是楊煉提出的，我們一致同意。接下的事情就是召集誰進俱樂部，然後便是徵集詩稿出版詩刊《倖存者》。

一九八八年初，「倖存者詩人俱樂部」成立，沒有地址，只有詩人，大約有二十幾人。我列出我能記住的一部分名單，除我們三人，還有多多、林莽、一平、黑大春、雪迪、邢天、大仙、張弛、王家新、西川和海子等。第一期《倖存者》詩刊由楊煉和唐曉渡編選。另外我們還不定期輪流在誰家裡舉辦作品討論會。我記憶中在一九八八年五月分之前在我勁松四區的家裡辦過兩次，因五月初我便被邀請去法國了，直到年底才回來。這段時間俱樂部的活動全由楊煉和唐曉渡安排，我就不知了。

「倖存者詩人俱樂部」曾舉辦過一次詩歌節，那是在一九八九年的四月二日，地點在中央戲劇學院的禮堂。這次詩歌節的導演、舞台總監、燈光和伴舞全由中戲的學生組成。詩人們朗誦自己寫的詩，全部配樂，樂曲由當時在中央樂團的音樂人梁和平選配。唐曉渡代表俱樂部致詞。朗誦會由我在幕後隨著音樂朗誦〈沒有時間的時間〉第一章開始。之後有一環節便是為悼念三月分剛自殺不久的海子，在舞台上點燃蠟燭並朗讀他的詩。這台詩歌朗誦會很有影響很是成功，近千人的劇場座無虛席，來了不少文化藝術界的前輩和名流，還有在京的外國友人和記者。劇場外入不了場的人擠滿了門外，大批的警察趕來維持秩序，生怕這裡會鬧什麼事。中戲的校領導或許接到了什麼上面的指示，規定我們必須在幾點結束。朗誦會完後在劇場的休息室我們有個小小的招待酒會，裡面同時給畫家林墨辦個畫展。規定的時間一到，還挺準時，校方給斷電了，劇場和休息室裡頓時漆黑一片。當天晚上算是沒發生什麼事，不過沒過多日各院校的大學生便上街遊行了……

「倖存者詩人俱樂部」在一九八九年的六月初自動解散，在這一年多的時間裡油印出版了三期《倖存者》詩刊。這段往事我只是簡短地述說一下，也算是留個紀念。

四十一

讓時間再回到一九八〇年的八月分，那應該是八月二十日，將近過了一年「星星美展」再次在中國美術館舉辦了展覽。這次可是從美術館外的柵欄上轉入到了美術館內的展廳裡，正式登上了中國美術界的最高殿堂。怎麼會有如此變化的具體原因我不清楚，只聽黃銳多次講過他跟馬德升等幾位「星星畫會」的創辦人沒少與當時中國官方的美術家協會負責人聯繫，得到其中一個叫劉迅的人支持，最終踏入了中國美術館。

展覽日期是八月二十日至九月七日。展覽由《今天》文學雜誌社協助。方式之一是畫配詩，就是有許多幅畫家的作品旁配上《今天》詩人的詩一同展出。方式二便是美展的文字資料（畫配詩和作品簡介）由《今天》編輯部負責印刷，據老鄂後來統計，展覽期間共印出文字資料一萬兩千八百份，全都發放銷售一空，可見來參觀的人數之多。那些日子「星星畫會」的成員和《今天》雜誌社的人差不多每天都聚在中國美術館內，大家忙著歡樂著如同在過個什麼盛大節日似的。

展覽結束之後，為了慶祝這次「星星美展」的成功，《今天》雜誌社拿出一部分銷售文字資料的錢請參與此次活動主要的人員大約三十人左右一起擺個慶功宴，地點是在北京動物園東側的莫斯科餐廳，簡稱老莫，吃頓俄式大餐。那天到場的人吃得好喝得好，但花錢並不多，因那年的物價還算便宜。

一場盛宴之後接著傳來的便是壞消息。一九八〇年的九月十二日，北京市公安局根據國家政務院一九五一年制定的《期刊登記暫行辦法》派人口頭通知《今天》文學雜誌停刊，中止出版發行等工作。這消息是北島告訴我的，我不知公安局的人是找他，還是劉念春？北島是《今天》的主編，念春是七十六號《今天》編輯部小屋的戶主，我那時一直住在七十六號，但沒見有公安局的人踏進門來。

北島跟我商量這事怎麼辦？堅持硬是辦下去恐怕會招來查抄，也擔心不停刊《今天》編輯部的人員有可能被抓。我們最後決定先發表一封〈致首都各界人士的公開信〉，希望能得到眾多人的支持讓《今天》雜誌繼續生存下去。

九月二十五日〈致首都各界人士的公開信〉印發了出去，我們重點發給一些屬於中國作家協會的當年都是有些影響的著名老作家和詩人。為此我們通過各種渠道搜集他們的住址，先後寄出有上百封信。另外，北島還帶著我親自登門拜訪幾個我們認為能夠給予我們支持的前輩作家，其中一個就是蕭軍。

我對蕭老其人和作品都不太了解，只聽北島說他是魯迅的學生，敢仗義直言，年輕時也敢動手打架的人。也不知北島從哪兒弄到蕭軍的地址，在什剎海北面的後海一帶。我記得我們倆人是從積水灘那邊穿過去的，在靠湖邊的一個大院子門前停下。那院裡住著多少戶人家不知道，全都是老舊的平房，唯獨有座二層的磚木結構的小樓，也很破舊，是蕭老的住宅。

我們打聽清楚後被一位像是保母的中年婦女帶到樓上，那女人很客氣把我們引進蕭軍家的客廳，她讓我們先坐一會兒，自己走進右側的一間屋裡，那可能是蕭老的書房或臥室。不一會兒那女人又走出來，她說蕭老讓我和北島在一張紙上寫下自己的名字，我倆照辦了，她拿著這張紙又走進那間屋。大約五分鐘之後蕭軍老人從那間屋門出現了，他個頭不高，顯得挺健康，看得出年輕

《今天》第 9 期。

時一定很壯實。蕭老一頭修得很整齊的白髮，額頭不高，兩眼有神。等他坐下後問我們來意，北島便把我們辦《今天》雜誌和被勒令停刊的事跟他講了，並希望他老人家能為《今天》說些話。蕭軍只是聽著沒說什麼也沒表態，我倆見狀也不好多打擾便起身告辭。現在回想起來當年蕭軍能讓我們入家門並與我倆見面就已經很不錯了，本來人家就不認識我們又冒然闖去，還是兩個大小夥子。這是我唯一一次也是最後一次見到蕭軍老人家。

我確實曾經說過《今天》雜誌被迫停刊後，我們發出去的給那些老作家的呼籲信，沒有收到一封回覆，也沒聽說誰公開講話支持《今天》文學雜誌應該繼續辦下去。如果有這樣的回信我想老鄂會告訴我們，因為寄給《今天》的信件全由他保管。前不久我翻看劉禾編選的《持燈的使者》這本書，內有陳邁平（萬之）寫的一篇文章，他談到了我說的話，並還說蕭軍曾回信支持過《今天》，他說他看到過這封信。但願這事是真的，這封信老鄂是否看過？現在再說這件事已無關緊要了，我只希望別錯怪蕭軍老人家。其實回頭想想當年沒回信支持我們《今天》的人也沒什麼可責怪的，人家憑什麼支持我們？再加上這老作家在文革中多少都受過摧殘，他們可比當時的我們明白的多，完全可以理解。

直到十月分我們還在努力做著徒勞的事，我們還充滿幻想地去爭取讓《今天》能合法地辦下去。我們竟然跑到北京市政府宣傳處遞交要求註冊《今天》文學雜誌的申請書，我們真是太天真了，但是我們走了為《今天》雜誌能夠辦下去的每一步。

四十二

寫完前面一章我停筆休息了兩個星期。昨天我翻找舊日的信件，竟然在一個牛皮紙袋裡發現了一些有關《今天》雜誌的資料。其中就有〈致首都各界人士的公開信〉一文的手寫原稿，執筆人是北島，日期是一九八〇年九月二十一日。這封公開信我們是先打字油印好在九月二十五日分批寄出去的，在此說明一下。

在這個牛皮紙袋裡，我還找到一些有關「今天文學研究會」的資料，當初沒怎麼當回事的這些紙片現在倒覺得挺珍貴了。正好我要談到這件事，因在一九八〇年的十月二十三日，我們為了讓《今天》盡可能延續下去，為了讓《今天》的作和成員不至於因停刊而散夥兒，我們便這一天經大家同意成立了「今天文學研究會」籌備組。由於我找到了「今天文學研究會會章草案」的手寫原件，這筆跡是誰的我說不準，好像是老鄂的字，當然會弄清楚的，我照抄公布出來。

今天文學研究會會章草案

今天文學研究會是由青年作家、詩人組成的文學團體。

本會致力於文學創作和研究。

本會的一切決議經全體會員大會通過。

本會的會員必須從事文學創作或文學研究，參加本會各項活動，服從會員大會決議，並交納會費。會員有自行退會的權利。

凡積極從事文學創作或文學研究，遵守本會會章者，提出申請，經全體全員大會批准，即可成為會員。

「今天文學研究會」籌備組（沒寫日期）。

到了十一月二日這一天我們聚集在東四十條張自忠路趙南居住的小院裡舉行了會議，這是「今天文學研究會」正式成立日，也是選舉研究會理事的日子。我通過原始選票的紀錄，這個做紀錄的紙片我也找到了，確定到會的人有二十六人，應該說投了選票的人有二十六人，是否還有沒投票的人在場我就記不住了。

這是一次無記名投票，先由大家推選出候選人，一共推出了十六位人選。大家商量決定得票高的七人當選為理事。正好手上有紀錄，為了還原歷史，我把被推選人的名單列出來。他們有趙振開（北島）、陳邁平（萬之）、于友澤（江河）、鄂復明（老鄂）、楊煉、徐曉、趙南、孫康（方含）、周郡英、田小青、黃銳、劉羽、甘鐵生、趙一凡、郭路生和我（芒克）。

選舉是在平靜和平和中進行的，每個投票人只能寫下七位人選，然後交到監票人手裡。由監票人二位再讀出被選人的名字，每得一票的人在紀錄紙片上畫上一道，就是畫出個正字，這樣直到念完所有的選票結束，最終結果就出來了。

滿票當選「今天文學研究會」理事的有三人，北島（二十六票）、陳邁平（二十六票）和芒克（二十六票）。另外四人是鄂復明（二十三票）、江河（二十一票）、趙南（十九票）和徐曉（十七票）。其他候選人沒有超過十票的了。「今天文學研究會」正式成立。

遺憾是這是個短命的文學團體。到了十二月底由於各種原因「今天文學研究會」就停止了一切活動，包括不再在每月初第一個週末的晚上定期於趙南家客廳或小院裡舉辦的文學作品討論會，不再繼續油印內部交流的《今天文學研究資料》，這薄本的文學資料我們從十月底到十二月末共油印出三期。「今天文學研究會」這個民間的文學團體可以說解散了，最主要的原因當然還是來自政府通過北京市公安局給予大家的威脅和壓力。另外還要說出一方面原因是當時官方文學期刊和機構對一些年輕作者的誘惑。北島曾私下跟我談論過在官方文學雜誌上發表作品的問題，他認為官方期刊畢竟在當時發行量大，我們能在上面發表作品會影響更多的人，也不是什麼壞事情。

在《今天文學研究資料》之一、之二和之三期上又有幾個人加入到《今天》作者的行列。如徐曉在之一期上發表了短篇小說，英子（崔德英）發表了詩作，關於英子其人我在前面談到過，她在八〇年代後期患上了精神病，聽說至今還住在北京的一所精神病醫院裡。最重要的是在《今天文學研究資料》之三期上發表了多多早期寫的組詩〈畫廊〉。能聯繫到他並從他手裡取來詩真不容易，他有幾年時間與我們沒來往，鬧掰了。我和北島最初創辦《今天》雜誌的時候就想找他，想刊登他的詩，那樣我們覺得《今天》在詩歌上會更全面些，因為多多，還有根子在七〇年都是北京被稱為「地下文壇」的重量級詩人，但這兩位我們都沒聯繫到，關鍵還是鬧掰了，反正我是沒有主動去找多多。

多多在《今天》最後油印的這本文學資料之三上發表詩用的筆名是白夜。多多這個名字也是他後來用的筆名。我在這本書的開始部分講過他原名叫栗世征，那時我們都叫他的小名毛頭。

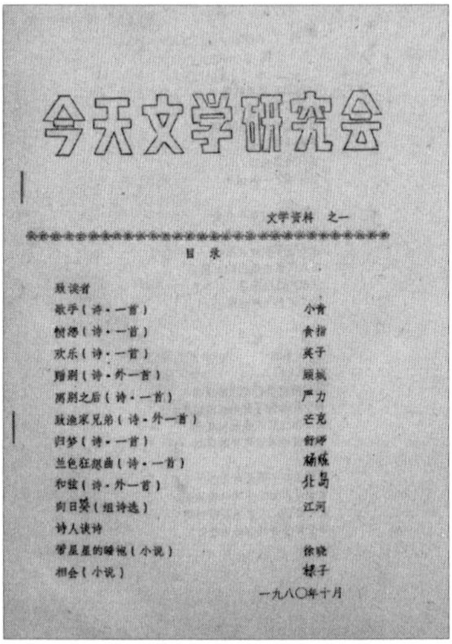

今天文学研究会

文学资料 之一

目 录

致读者
歌手（诗·一首） 小青
惆怅（诗·一首） 食指
欢乐（诗·一首） 英子
赠别（诗·外一首） 顾城
离别之后（诗·一首） 严力
致渔家兄弟（诗·外一首） 芒克
归梦（诗·一首） 舒婷
兰色狂想曲（诗·一首） 杨炼
和弦（诗·外一首） 北岛
向日葵（组诗选） 江河
诗人谈诗
带星星的睡袍（小说） 徐晓
相会（小说） 棣子

一九八〇年十月

《今天文學研究會》內部交流資料 1。

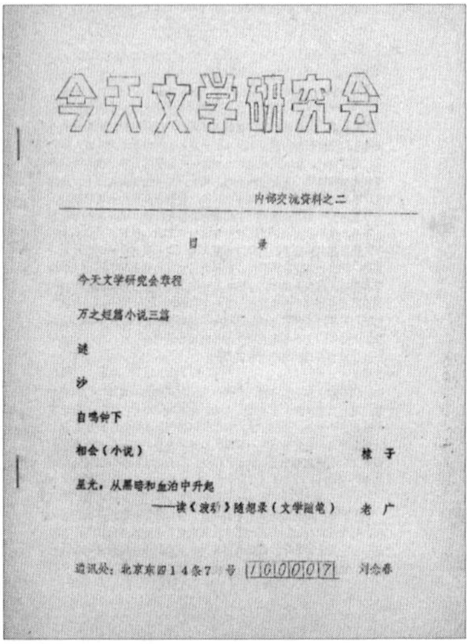

今天文学研究会

内部交流资料之二

目 录

今天文学研究会章程
万之短篇小说三篇
谜
沙
自鸣钟下
相会（小说） 棣 子
星光，从黑暗和血泊中升起
——读《波动》随想录（文学随笔） 老 广

通讯处：北京东四14条7 号 100007 刘念春

今天文學研究會》內部交流資料 2。

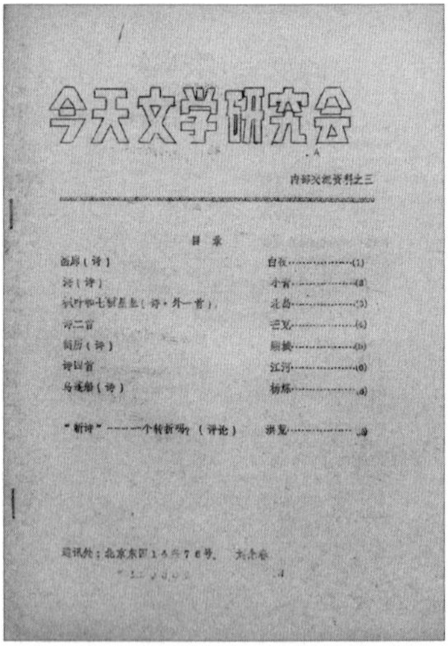

今天文学研究会

内部交流资料之三

目 录

画廊（诗） 白夜……(1)
诗（诗） 小青……(2)
枫叶和七颗星星（诗·外一首） 北岛……(3)
诗二首 芒克……(4)
简历（诗） 顾城……(5)
诗四首 江河……(6)
乌篷船（诗） 杨炼……(8)
"新诗"——一个转折吗？（评论） 洪荒……(9)

通讯处：北京东四14条76号， 刘念春

《今天文學研究會》內部交流資料 3。

說到這裡使我回想起一九八八年的十二月二十三日，那一天是《今天》文學雜誌創刊十週年，我和北島從國外趕回，為了搞個紀念活動我們的聚會地點在北京城東三環旁的團結湖公園內，當天凡是參與過《今天》雜誌的人和一些朋友幾乎全部到場。我們決定設立個《今天》文學獎，首個獲獎人便推選多多。說來他也是最後一個獲獎者，因為從那以後《今天》文學獎就再也沒有頒發過。為什麼？我也不知道。當九〇年代北島在海外帶領一幫人復刊了《今天》文學雜誌，我就一直沒有參與過。

多多獲獎的獎品是全套的《今天》文學雜誌，從第一期到第九期外加《今天文學研究資料》三期一本不少。獎金肯定是沒有。但多多的第一本詩集《里程》讓老鄂給油印出來了，從此大家便能閱讀到多多更多的詩作，了解到他為什麼在我們這代詩人中占有重要的位置。

四十三

再一次步入冬季的北京城似乎比往年更加寒冷，當雪花紛飛，大雪覆蓋住房屋和街道時古老的城市猶如一位白髮蒼蒼的老人顯得寂寞孤獨。

我仍舊住在東四十四條七十六號的小屋，我無處可去。在《今天》雜誌被迫停刊後，幾乎是同時，我便收到一封北京造紙一廠的來信，因我還算那裡的工人，我打開一看信上蓋著工廠的大印，打印出幾行字，說我曠工了幾百天，所以工廠決定把我除名。這是我早就預料到的事，一點兒不影響我的心情。影響我情緒的是《今天》編輯部，也就是這間七十六號的小屋一下子便沒人來了，往日那種大夥兒聚在一起幹活印刷談笑風聲和一起吃麵條的場景沒了蹤影，本來就冰冷的屋裡更加冷冷清清。

唯有老鄂是最忠實和靠得住的人了，他有工作單位每天上班但下班後總要來一趟七十六號，他一是看一看有沒有讀者來信，二是問問我生活有沒有什麼困難，只要《今天》還存有一點錢，我那份特殊的工資他是照發的。

為了防止《今天》的那點家當會被抄走，主要是那台手搖油印機，老鄂給搬到他母親家去了，為這台東西讓老鄂的母親好些日子提心吊膽。

令我沒想到的事是有一天突然登門進來一位五十多歲的婦女，她說她工作在中國作家協會下屬的《詩刊》社，名叫康志強，我稱呼她康阿姨。她詢問了我一些情況後便從包裡掏出二十元人民幣給我，她說這是她丈夫與她的一點兒心意，一定讓我收下。她還說她丈夫想邀請我去家裡一趟，住址是在東城區的東總布胡同，一定要去，弄得我不知如何是好。康阿姨丈夫原來是老作家嚴文井，我久聞其名，那年代的孩子們或多或少能知道一些，因為嚴文井是著名的兒童文學作家。他也是一位老革命，曾在抗戰時期延安待過。他還當過人民文學出版社的社長等，再多的我就不清楚了。

幾日之後，我去了東總布胡同嚴文井的住宅，人家出手相助我要去拜訪表達謝意。嚴文井先生為人隨和並還準備了一桌好酒好菜。我們這次見面聊的話題挺多，他對我的人和處境也有了了解。

令我還是沒想到的事是在幾天後，康阿姨又來到七十六號讓我再去東總布胡同，她說嚴文井有事要見我。我隨她去了，進了那座大四合院裡。嚴文井很認真地問我願不願意找份工作？我說恐怕沒什麼單位敢要我，我可是被開除的人。他說先不要管這些，讓我今天務必去趟《文藝報》社，他說他與《文藝報》的主編馮牧已經說好了，馮牧先生答應見見我。我心說《文藝報》可是文化部主管的一份理論性報紙，讓我去那裡幹什麼？很快我就明白了嚴文井先生的心意，他想通過他跟馮牧的關係安排我進《文藝報》社工作。我當即就告訴嚴老這是不可能的事情，那裡不會收留我的，我也不想去幹那一行的。但嚴文井讓我無論如何也要去一趟，因為他跟馮牧已約好時間了。

這勾起我又想到另一件事，那是在《今天》文學雜誌出版了兩三期以後，具體時間沒記住，有位姓唐的說是在共青團中央工作，專門負責寫「內參」的，就是寫一些不讓老百姓看到的消息發在「內部參考消息」報上供上面的領導看。他找到我請吃頓飯並採訪了我，我記得比較清楚的就是他問我，大意是如果不讓你辦你們的《今天》雜誌了，讓你隨便挑選一份國家辦的文學雜誌去當編輯，有工資並且還分配住房，你同意去嗎？我當時回答他的話是，我們辦《今天》雜誌不行嗎？憲法上不是寫著公民有言論出版和結社的自由嗎？他說沒錯。我說既然我們辦《今天》雜誌並不違法，那我還去別的文學雜誌幹嘛？我繼續辦我們的《今天》不就行啦。後來聽說這位唐先生還真把我們的情況寫在「內部參考消息」上了，原文我沒看到。

嚴文井的好意我明白，我若是拒絕那真是太不給好心人的面子了，何況他為我已求到了馮牧先生。我離開東總布胡同便到了《文藝報》社，地址在我們曾張貼過《今天》雜誌第一期的中國文化部的大院兒內。這裡的一位年輕的編輯好像知道我要來，他遞給了我一張馮牧先生留給我的紙條，馮牧說讓我去他的家裡去，在離中國美術館不遠靠近王府井大街的一條胡同裡，具體地點門牌號碼早忘了。我進了一座四合小院見到了馮牧先生，他留我在家吃了頓飯，談話之中我就能聽出像我這種人進《文藝報》根本是不可能事，我能覺出他見我完全是嚴文井的面子和關係。不過他待我倒是很和氣，頭一次見面人家在文化界也是個大人物還請我這個素不相識的年輕人在家吃頓飯。

在八〇年代我曾幾次去東總布胡同看望嚴文井和康阿姨，不論怎樣我對他們對我的關心和幫助心懷感激。人家與我無親無故又不圖什麼，真是兩位好心人。多年以後當我從報紙上得知嚴文井老人病逝要在八寶山開追悼會，我便獨自趕了過去。我見到了年老體弱的康阿姨，她拉著我的手痛哭，她想不到我會來送嚴老最後一程。確實是這樣，我活到現在到八寶山為逝去的人送行，除了我父親便只有嚴文井這位老人了。

再往後我所知道的事情和經歷在這本書裡已斷斷續續地講了不少，寫到此時我想也該收筆了。《今天》文學雜誌停刊後，我再簡單地說一下當時的結局，北島在不久後到了《新觀察》雜誌社當編輯，這是下屬於中國作家協會一本刊物。他跟我說好每月掙的工資拿出十塊錢給我做生活費，他說話算話照辦了，給了幾個月，後因各種事我倆斷了來往，只偶爾在國外參加一些文化活動時遇見。但不論到任何時候我們都還是一見如故的老朋友。

在「今天文學研究會」散夥兒後，《今天》的一部分作者在八〇年代先後加入到中國作家協會成為會員，這在那時算是最好的出路了，有的人甚至引以為豪。

而我又將何去何從？七十六號的小屋也不是我的久居之地，沒過些日子我便告別了。被嚴冬呼嘯的寒風追打著的我漫無目的地遊蕩在北京城的街頭，頭腦裡沒有任何想法兒，只覺得自己是在聽天由命。

INK PUBLISHING 文學叢書 563
往事與《今天》

作　　者　芒　克
總 編 輯　初安民
責任編輯　黃子庭　林家鵬
美術編輯　陳淑美　黃昶憲
校　　對　芒　克　黃子庭　林家鵬

發 行 人　張書銘
出　　版　INK 印刻文學生活雜誌出版有限公司
新北市中和區建一路249號8樓
電話：02-22281626
傳真：02-22281598
e-mail:ink.book@msa.hinet.net
網　　址　舒讀網 http://www.sudu.cc

法律顧問　巨鼎博達法律事務所
施竣中律師
總 代 理　成陽出版股份有限公司
電話：03-3589000（代表號）
傳真：03-3556521
郵政劃撥　19785090 印刻文學生活雜誌出版有限公司
印　　刷　海王印刷事業股份有限公司

港澳總經銷　泛華發行代理有限公司
地　　址　香港新界將軍澳工業邨駿昌街7號2樓
電　　話　852-2798-2220
傳　　真　852-2796-5471
網　　址　www.gccd.com.hk

出版日期　2018年 3 月 初版
ISBN　978-986-387-232-0

定價　280元

本書圖片為作者芒克提供

國家圖書館出版品預行編目(CIP)資料

往事與《今天》／芒克　著. --初版.
--新北市中和區：INK印刻文學，2018. 3
240面；14.8 × 21公分. --（文學叢書；563）
ISBN 978-986-387-232-0（平裝）

855　107000927